49ª edição

Giselda Laporta Nicolelis

O segredo da casa amarela

Ilustrações: Rogério Borges

Série Entre Linhas

Editor • Henrique Félix
Assistente editorial • Jacqueline F. de Barros
Preparação de texto • Lúcia Leal Ferreira
Revisão de texto • Pedro Cunha Júnior (coord.) / Elza Maria Gasparotto / Elaine S. Raya
Maria Cecília Kinker Caliendo

Gerente de arte • Nair de Medeiros Barbosa
Coordenação de arte • José Maria de Oliveira
Diagramação • Lucimar Aparecida Guerra
Produção gráfica • Rogério Strelciuc
Impressão e acabamento • Vox Gráfica

Projeto gráfico de capa e miolo • Homem de Melo & Troia Design
Suplemento de leitura e projeto de trabalho interdisciplinar • Veio Libri

Dados Internacionais de Catalogação na Publicação (CIP)

Nicolelis, Giselda Laporta
  O segredo da casa amarela / Giselda Laporta Nicolelis; ilustrações de Rogério Borges. 49ª ed. — São Paulo : Atual, 2009. — (Entre Linhas: Mistério)

  ISBN 978-85-357-0270-5

  1. Ficção policial e de mistério — Literatura infantojuvenil 2. Literatura infantojuvenil I. Borges, Rogério. II. Título. III. Série.

                                    CDD-028.5

Índices para catálogo sistemático:
  1. Ficção policial: Literatura infantojuvenil 028.5
  2. Literatura juvenil 028.5

18ª tiragem, 2021

Copyright © Giselda Laporta Nicolelis, 1987.
SARAIVA Educação S.A.
Avenida das Nações Unidas, 7221 – Pinheiros
CEP 05425-902 – São Paulo – SP - Tel.: (0xx11) 4003-3061
www.coletivoleitor.com.br
atendimento@aticascipione.com.br
CL: 810380
CAE: 576000
Todos os direitos reservados.

Sumário

Um garoto muito esperto 5

Uma turma do barulho 7

Procurou... achou! 9

Mãe é fogo! 11

Uma proposta inesperada 14

Afinal, que emprego é esse? 17

Arquitetando um plano 20

Mais mistério pra complicar 22

Tem coisa estranha no pedaço... 24

Por essa ninguém esperava 26

Dona Malvina cobra explicações 29

A mãe entra no esquema 31

Um quarto muito suspeito 33

De quem será o gemido? 36

Pondo o plano em prática 38

Uma ideia dez 40

Escolhendo o espião a dedo... 42

Todo mundo (mesmo sem saber) colabora 45

Situação de risco... 48

Improvisar é a alma do negócio! 50

Uma nova (e poderosa) aliada 53

A coisa se complica 55

Usando a cabeça 58

O perigo ronda a turma 60

Um mar de dúvidas... 63

Começando a destrinchar o mistério... 66

Ciladas acontecem 69

Sequestro ou queima de arquivo? 71

Uma terrível ameaça! 73

A ajuda vem de onde menos se espera 75

Bate o desespero na turma 77

O sumido retorna 80

Muitas coisas se esclarecem... 82

...mas ainda há outras coisas misteriosas 85

Enfrentando o perigo 88

Uma cova no jardim!? 91

A grande surpresa! 93

A verdadeira história 96

Hora do xeque-mate 98

A lei entra em ação... 100

Tudo é bom quando acaba bem 102

A autora 105

Entrevista 106

Um garoto muito esperto

Wanderlei chegou da escola e foi atirando a mala no sofá. A mãe chamou lá da cozinha:
— Venha me ajudar!
— Agora, mãe? — reclamou o menino. Justo hoje que ele decidira jogar futebol lá no campinho.
— Tenho de entregar esses brigadeiros pra festa da dona Elvira — disse a mãe. — E garantir a feira de amanhã.
— Tá bom — resmungou, indo lavar as mãos.
A mãe era muito exigente em matéria de limpeza. Se visse as mãos sujas, ia ser aquele falatório.
— Enrole miúdo, filho — reclamou dona Malvina, vendo sair das mãos do Wanderlei um brigadeiro tamanho família.
— Miúdo não sei, mãe.
— Sabe, sim, senhor. Se é pra eu fazer tudo de novo, não precisa. Quem não ajuda não atrapalha.
— Credo, mãe, que braveza.
— Braveza, nada, filho, é pressa.
— Assim tá bom?
— Esse tá nanico demais; capriche, menino.
O futebol estava perdido mesmo, o jeito era ajudar a mãe a terminar de enrolar os brigadeiros. Afinal, era com a profissão de quituteira que ela sustentava a casa, desde que o pai tinha morrido naquele acidente com o ônibus do qual ele era motorista, deixando uma pensão mixuruca. Os três irmãos menores só davam trabalho, ele com

treze anos é que dava um duro danado, entregando encomenda, comprando material nos lugares mais baratos, enquanto a mãe fazia os doces e salgados.

— Assim tá melhor.
— Quantos, mãe?
— Mil.
— Vão convidar a vila inteira?
— Sorte nossa, filho.
— Alugaram a casa amarela em frente ao campinho — disse o Wanderlei, de repente.
— Alugaram, é? — interessou-se a mãe. — Custou, hein?
— Tem um movimento danado agora por lá — continuou o menino. — Um entra e sai de uns homens mal-encarados, que olham pra todos os lados antes de entrar na casa.
— Ué — estranhou dona Malvina —, só tem homem? Mulher você não viu nenhuma?
— Nenhuma — disse o menino. — A senhora sabe como eu sou curioso. Deixei até passar um gol e aguentei a xingação da turma, de tanto que fiquei de olho na casa.
— Gozado. Olhe, filho, não quero você fuçando por lá. Deus me livre de arranjar encrenca.
— Que encrenca, mãe, olhar só, que mal tem?
— Sei lá; você disse que são uns homens esquisitos.

"Como esses mil brigadeiros se não descobrir", pensou o Wanderlei, roxo de curiosidade. Mas não falou nada pra mãe, pra não deixá-la preocupada.

Algum tempo depois, dona Malvina pediu:
— Vá entregar pra dona Elvira. E receba o pagamento certinho. E volte direto pra casa pra não perder o dinheiro.

O Wanderlei colocou o tabuleiro na cabeça:
— Vou demorar um pouco, mãe...
— Direto pra casa! — repetiu ela, com aquele tom de voz que ele bem conhecia e trazia implícito outra frase: "Senão você já sabe...".

Passou pela porta da cozinha equilibrando o tabuleiro. E foi pelo caminho mais comprido, que passava pelo campinho.

Uma turma do barulho

— Ei, Wanderlei! Pare, seu! — gritaram os amigos, quando ele passou, tabuleiro na cabeça.

— Tô com pressa, turma. Daqui a pouco eu volto.

— Dê uns doces pra gente, seu unha de fome.

— Chegue pra lá — avisou o menino. — Se eu tirar um brigadeiro, minha mãe me esfola vivo.

— Brigadeiro, é? — O Camaleão, um metro e oitenta de músculo e cabelo *black power*, veio se chegando. — Eu adoro brigadeiro...

— Deixe o Wanderlei em paz. — O Zarolho pôs a mão de leve no ombro do Camaleão. No ombro é forma de dizer, que ele não alcançava, pôs a mão no meio do braço.

— Saia, nanico.

— Nanico é a mãe — falou o Zarolho, entortando mais ainda os olhos de raiva.

— Não compre briga, Camaleão. — A turma do deixa-disso veio apartar. Eles sabiam muito bem que o Camaleão só tinha tamanho e cabelo. O duro na queda mesmo era o Zarolho, com seu metro e sessenta, mas uma capoeira de derrubar qualquer um. E para piorar as coisas, o Wanderlei era o protegido do Zarolho. Briga com o Wanderlei o Zarolho comprava à vista e ainda pagava adiantado.

— Tá bom, esqueça — reclamou o Camaleão, sossegando. Aliás, o humor instável é que lhe garantira o apelido.

— Volte depois pra jogar com a gente — convidou o Zarolho.

— É só entregar a encomenda que eu volto. Tô formigando pra descobrir o que tem nessa casa.

— O movimento começou faz meia hora — confirmou o Zarolho. — O que será, hein, companheiro?

— Sei não, mas vou descobrir.

Dona Elvira era uma boa freguesa. Pagou na hora, direitinho. Wanderlei dobrou cuidadosamente o dinheiro e guardou-o no tênis, que amarrou bem amarrado. Ali o dinheiro estava seguro. Com uns trocados que tinha no bolso comprou um sorvete no bar do seu Manoel, que também era freguês dos doces e salgados de dona Malvina, só que pechinchava no preço que era uma barbaridade. O Wanderlei tinha uma bronca sentida do seu Manoel. Até sonhava que havia crescido e ficado um brigador da qualidade do Zarolho só pra encarar de frente aquele mão de samambaia.

— Avise dona Malvina que a encomenda é pra sábado — falou o seu Manoel. — A feijoada está marcada para o meio-dia.

— Pagamento à vista, né?

— Tanta pressa, menino?

— A gente come, sabe como é? O senhor vende fiado aqui?

— Ande lá, menino, eu pago à vista. Só porque a feijoada que a dona Malvina faz é a melhor do bairro.

— Dá umas balas de quebra?

— À vista, à vista! — gritou o homem, enfezado.

Wanderlei se raspou às gargalhadas. Ele gostava de tirar um sarro do seu Manoel.

Voltou correndo para o campinho. Tiraram o Farofa do gol, o menino saiu reclamando; era só o Wanderlei chegar, ele perdia a posição.

— Quem manda ser frangueiro!

— Frangueiro é a vovozinha!

— Não chie, não chie. — O Wanderlei estufou o peito magro. — O gol é meu, companheiro, isso é coisa velha, sabida e mastigada.

— Ontem você é que deixou passar um frango, frango é apelido, deixou passar um galo — reclamou o Farofa. — Tudo por causa dessa porcaria de casa.

— Meta o nariz na sua vida!

— Você me paga!

— Como é, a gente joga ou não joga? — falou grosso o Camaleão.

— Joga — comandou o Zarolho. — Cadê o juiz?

Procurou... achou!

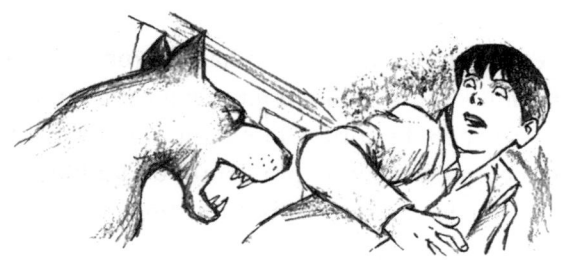

Wanderlei rodeou a casa, sozinho e a medo. Tudo quieto àquela hora da tarde, quase noite, o campinho agora deserto da molecada que jogara futebol a tarde inteira.

Uma vontade roída de entrar lá dentro, descobrir o mistério daqueles homens mal-encarados. Lembrou do conselho da mãe. Bobagem, mãe é assim mesmo, cismada, ainda mais ela que é mãe e pai ao mesmo tempo, vive assustada gritando pelos filhos, enquanto enrola os doces e salgados.

O que podia acontecer? Vai ver era tudo cisma dele e do Zarolho, na casa não tinha mistério nenhum, era só uma gente feia, ninguém tem culpa de ser feio, mas ele precisava tirar a dúvida, ah, isso ele precisava. Era curioso por natureza. Dona Belinha, professora lá da escola, até lhe pusera um apelido.

— Menino xereta!

Mas, se ninguém fosse xereta, como é que ficava o mundo? Ela mesma não tinha explicado que foi a curiosidade que movimentou tanto cientista, tanto descobridor, tanta gente que mudou o mundo, que virou o mundo de cabeça pra baixo por causa das descobertas que fez? Tudo pela xeretice. Vai ver quando ela dizia que ele era um menino xereta estava fazendo elogio e não botando defeito, porque curiosidade só podia ser sinal de inteligência.

Olhou para o portão da casa; será que estava trancado? Um silêncio por ali. Antes, no jardim agora abandonado, havia uma roseira tão bonita carregada de rosas amarelas.

Também achou falta da campainha que havia ao lado do muro, desde o tempo em que morava ali a família do seu Carlos: ele morrera de repente, coitado. A viúva e os filhos então alugaram a casa e mudaram do bairro.

Onde já se viu casa sem campainha? E com tanto movimento como esta? Espiou, espiou, não viu mesmo a campainha. Tomou coragem, forçou o trinco do portão, que abriu sem dificuldade.

Foi pondo o corpo de fininho pra dentro do jardim, olhando para todos os lados. Nem ele mesmo sabia o que procurava. Se aparecesse um dos homens, morreria de medo.

A sombra saltou sobre ele de um jato, ele nem teve tempo de gritar. Caiu com o peso, a coisa negra, enorme sobre ele, o pavor crispando a garganta, enquanto uma voz de homem gritava:

— Largue, Faísca, largue!

Sem fala, horrivelmente assustado, sentiu a coisa sair de cima dele, o homem se chegando:

— Está louco, menino, se eu não estivesse por perto, você já era!

— Que é aquilo? — A voz saiu fininha, engasgada.

— Um cão muito feroz, um *dobermann* — disse o homem. — É treinado para matar. Depois que ele fecha a mandíbula, só mesmo um veterinário para abri-la.

— Minha Nossa Senhora! — gemeu, levantando-se. — Eu me enganei de casa, moço, pensei que era a casa do meu amigo.

— Enganou mesmo? — perguntou o homem, desconfiado.

— Pois é, a casa do seu Carlos. Eu sou amigo do filho dele, faz tempo que não venho.

— Ah, sim, seu Carlos morreu e a família alugou a casa.

— Puxa, ele morreu? — Espanou a poeira da roupa. — Que pena, um homem tão bom.

— Não conheci, aliás, não conheço a família. Só sei o que a imobiliária contou.

— O senhor não sabe onde eles moram agora?

— Não. E olhe, menino, um aviso. Se tem amor à vida, nunca mais entre aqui desse jeito.

Mãe é fogo!

Dona Malvina, olhar atento de mãe, perguntou, aflita:
— Que foi isso, Wanderlei, a sua roupa?
Só então reparou que a camiseta estava toda rasgada.
— Foi nada, mãe.
— Nada, coisa nenhuma. Você se meteu em alguma briga, apanhou e ainda por cima perdeu o dinheiro.
O dinheiro! Descalçou rápido o tênis, tirou o dinheiro dobrado entre a meia e o calçado.
— Ufa!
— Desembuche, menino!
— Foi nada, já disse.
— Se não contar, apanha já.
A mão de dona Malvina era pesada. O olhar também. E ele estava assustado.
Contou tudo.
A mãe nem discutiu nem bateu. Pegou o filho pela mão e arrastou-o para o campinho, até a casa que fora do seu Carlos.
— Tá louca, mãe? O homem disse pra eu nunca mais pisar aqui.
— Cadê a campainha?
— Tiraram.
— Tiraram a campainha? Gente esquisita.
— O que a senhora vai fazer, mãe? Eu não devia ter entrado aí.

Dona Malvina se pôs a bater palmas, com toda a energia adquirida nos anos sovando massa de pastéis, esfregando panelas. Bateu até as palmas das mãos ficarem vermelhas.

Aí começou a gritar:

— Olhe aqui, se não abrir essa porta, eu vou direto pra polícia!

A porta abriu e um velho de boné apareceu, sorridente:

— Faça o favor de entrar, dona.

— E o bicho?

— Está preso. Não tenha receio.

Dona Malvina não se fez de rogada. Abriu o portão e arrastou o Wanderlei pra dentro.

A sala era comum, pouco mobiliada. Dois sofás, uma mesa, em cima da qual se viam vários telefones e listas. Não havia cortinas nas janelas.

— Queira sentar.

Dona Malvina sentou-se em frente ao velho de boné. A seu lado, Wanderlei se acalmava. Ele conhecia a mãe. De medrosa e prudente, virava uma fera quando alguém mexia com um de seus filhos. Avançava como um tanque de guerra.

— Olhe, o senhor desculpe os maus modos mas eu sou mãe e pai, que o meu marido morreu de acidente de ônibus, ele era o motorista, sabe?

— Lamento — disse o velho, olhando fixamente para o garoto.

— Esse meu filho é muito xereta, ele não tinha nada que entrar aqui hoje.

— Eu já expliquei, não sabia que o seu Carlos tinha morrido e a família tinha mudado.

— Tudo bem — disse o velho. — O caseiro contou.

— Acontece que ele foi atacado pelo cão e eu queria saber se o cachorro é vacinado, o senhor pode imaginar a minha preocupação.

— Claro, claro — concordou o homem. — Roque! — chamou.

De dentro da casa surgiu um homem enorme, cuja cicatriz começava debaixo do olho esquerdo e terminava na orelha, atravessando a face. Wanderlei se encolheu ao lado da mãe.

— Traga o certificado de vacina do cão — pediu o velho.

O homem nem olhou para as visitas e deu meia-volta.

— Ele não fala — disse o velho —, mas é bom sujeito.

Roque voltou com o certificado.

— Graças a Deus — suspirou Malvina, lendo. — O senhor desculpe mais uma vez.

— Nem pense nisso — sorriu o velho, deixando à mostra dentes encardidos de fumo. — Estou às suas ordens. O menino está bem, como posso ver. E parece bem esperto.

— É sim, senhor, muito esperto. — Malvina levantou-se, puxando o Wanderlei. — Até logo e, mais uma vez, obrigada.

Uma proposta
inesperada

— Puxa vida, companheiro, foi assim mesmo? — falou o Zarolho.
— Sem tirar nem pôr. Nunca vi coisa igual. Aquele cachorrão parecia um leão.
— Leão coisa nenhuma — riu o outro. — Não exagere, vai. O dóberman tem pelo liso e é todo preto.
— Ele veio tão rápido que só percebi quando me atacou — continuou o Wanderlei. — Agora você precisava ver era a minha mãe. Barbaridade, nessas horas ela não tem medo de nada.
— Mãe é assim — concordou o Zarolho. — Mexeu com cria é fogo. Quer dizer que o tal Cicatriz não fala, só obedece?
— É um homenzarrão horrível. O olho em cima da cicatriz é parado, deve ser uma prótese.
— E esse velho, quem será?
— O do boné? Ele não me convence, não. Sabe, Zarolho, desde os nove anos que eu entrego doces e salgados. Conheço gente de todo tipo. Eu cheiro longe esse tipo de gente. Ele não é coisa boa, não.
— Mas velho desse jeito? Quantos anos você acha que ele tem?
— Mais de sessenta.
— Então?

— Daí? Idade é documento? Seu Manoel da venda é unha de fome mas é direito, eu cheiro isso. Esse velho de boné não presta, ouça o que eu digo, ele não presta, Zarolho...

A mão do Zarolho tapou firme a boca do Wanderlei, que se virou, assustado.

— Posso falar com você, menino? — perguntou o velho, chegando.

Wanderlei até engoliu em seco, com a presença do outro.

— Só nós dois — completou o homem.

— Nada disso — interferiu o Zarolho —, a gente aqui é irmão de sangue. Falou com um, falou com o outro.

— Bobagem, rapaz — retrucou o velho. — Eu quero falar sozinho com o garoto aqui... como é seu nome?

— Wanderlei.

— Fala não. — O Zarolho entortou mais os olhos, o que era mau sinal.

— Moleque enxerido — resmungou o velho.

Da sombra da seringueira saiu a figura assustadora do Cicatriz, que se postou bem atrás do Zarolho, aguardando ordens.

— Olhe, moço — falou rápido o Wanderlei —, o senhor está enganado aqui com o Zarolho. Ele é franzino, uma linguiça, mas já bateu em homem muito maior que esse moço aí, o seu Roque.

— Não me diga — zombou o velho, rindo, deixando à mostra os dentes encardidos.

— É verdade, pergunte pra quem quiser. É melhor o senhor falar aqui mesmo comigo que o Zarolho não vai arredar o pé, eu conheço ele.

— Está bem — concordou o velho, despedindo com um olhar o Cicatriz. — Quero contratar você, garoto.

— Contratar pra quê?

— Você parece esperto. Eu preciso de um garoto de recados, coisa pouca, buscar correspondência. Pago um salário mínimo por mês!

— Um salário? — O Wanderlei arregalou os olhos. — Puxa, ia ser uma ajuda e tanto pra mãe.

— Serviço honesto, moço? — perguntou o Zarolho, olhando o mais firme possível com aqueles olhos tortos dele.

— Mas é claro, rapaz! — confirmou o velho. — É mais uma compensação pelo susto que ele levou. Depois a mãe dele é viúva, precisa de ajuda, e esse ordenado vai servir pra alguma coisa.

— Quando é que eu começo? — quis saber o Wanderlei, esquecido de que ainda precisava pedir ordem pra mãe.
— A que horas você entra na escola?
— Às onze e saio às duas. À tarde sempre entrego encomenda pra mãe.
— Então esteja em casa às sete da manhã — disse o velho. — Você trabalha até ir à escola e volta depois à tarde.

Afinal, que emprego é esse?

— Não entendi, Wanderlei — desabafou Zarolho quando o velho foi embora. — Você disse que o homem não presta e vai trabalhar pra ele?
— Tem jeito melhor de eu descobrir tudo naquela casa? E ainda ganhando pra isso?
— Malandro — riu o Zarolho. — Eu vou estar por perto.
— Espero que sim. Agora me ajude a convencer a mãe.
Essa parte não foi fácil. Dona Malvina não queria nem ouvir.
— Com aquele cão dos diabos solto por lá? Com o cara de cicatriz? Deus me livre de você passar pela porta do velho de novo, quanto mais trabalhar na casa dele.
— Mas, mãe — insistia o Wanderlei —, o velho disse que é só serviço de rua, buscar correspondência. O cachorro fica me conhecendo e, lógico, não me ataca mais. E é um salário. A senhora anda cansada.
— Eu meu aguento. Desista.
— Se a senhora quiser, eu fico sempre com ele — ofereceu o Zarolho. — Estou esperando um emprego que o patrão da minha mãe vai

me arrumar. Enquanto isso, protejo o Wanderlei. Ele é meu irmão de sangue, a senhora sabe.

— Protege — falou dona Malvina. — Você só tem quinze anos.

— Não fale bobagem, mãe — riu o Wanderlei. — Não há uma pessoa aqui na vila que enfrente o Zarolho. Com ele é como se eu estivesse de corpo fechado.

— Não e não.

— Deixe, mãe, se eu não gostar do serviço, do cachorro, do Cicatriz, do velho, da casa, eu desisto. Deixe, vai...

Tanto pediu, sapateou, chorou, ajudado pelo Zarolho, que a mãe concordou, com uma condição:

— O Zarolho vai junto!

— Fique sossegada, dona Malvina. Eu só pego no emprego o mês que vem. Até lá a gente vê direito se compensa o Wanderlei continuar no serviço.

— Iupiii! — gritou o garoto. — Queria ver agora o seu Manoel pechinchar nos tira-gostos.

No dia seguinte, às sete, bateu palmas na porta da casa. O Zarolho, escondido atrás da seringueira do campinho, esperava por ele.

Apareceu o Cicatriz, trazendo o dóberman pela guia.

— Bom dia — disse o Wanderlei, olhando medroso para o cão, que latia, ameaçador.

Cicatriz fez o Faísca cheirar as roupas e o corpo do menino. Depois levou-o para dentro, onde o esperava o velho de boné.

"Acho que ele dorme de boné", pensou o garoto.

— Muito bem, pontual — disse o velho. — Está vendo esta lista de endereços? Você vai buscar a correspondência nesses lugares. Aqui está o dinheiro da condução. Conhece bem a cidade?

Olhou de relance os endereços.

— Pode deixar, o que não souber, pergunto.

Entregou uma pasta para o garoto.

— Coloque a correspondência aqui dentro. E muito cuidado, ouviu? Há muito ladrão por aí. E também não fique mostrando a lista assim sem mais nem menos, entendeu?

— Pode ficar sossegado, seu...

— João.

— Seu João. Eu tomo cuidado e não mostro a lista pra ninguém.
— Ótimo. Como é, você e o Faísca já são amigos?
— Eh, devagar, seu João, dá um tempo, né? Ele já me cheirou lá fora.
— Roque dê café pro menino — mandou o velho.
— Obrigado, já tomei em casa.
— Tome de novo.
— Não quero mesmo, sabe, minha mãe é quituteira, tem sempre bolo, essas coisas, comi bem, obrigado.
— Se é assim, ao serviço, garoto, e juízo, hein?
— Até à tarde, seu João.

Passou ligeiro pelo Faísca, que rosnou baixinho, seguro pela mão peluda do Cicatriz.

Arquitetando um plano

Zarolho emparelhou com ele, curioso:
— Então, como foi?
— Tudo bem. O Cicatriz fez o Faísca me cheirar pra ir se acostumando. Uns dias, ele não me avança mais.
— Se eu pudesse também fazer amizade com a fera...
— Deixe por minha conta. Alguém tem de levar aquele bicho pra passear, o quintal é pequeno pra ele. Alguma coisa me diz que logo o seu João vai pedir isso pra mim.
— Que João?
— O velho de boné; ele se chama João. Ofereceu café, um monte de coisa. Sei lá, tive medo de aceitar. A mãe recomendou tanto pra não aceitar comida, nem cigarro, nada.
— Faz bem, companheiro. Sabe lá o que acontece naquela casa! Afinal o que ele mandou buscar?
Mostrou a pasta e a lista de endereços.
— É pra ir nesses lugares pegar a correspondência dele e não abrir muito a boca sobre os endereços.
— Parece tudo bem. Também o velho não é burro, né? Não ia largando o segredo assim sem mais nem menos, logo no primeiro dia.
— Também acho. Quando ele tomar confiança vai dar com a língua nos dentes. Depois vou ficar de ouvido alerta. Ninguém se envolve com um cara como o Cicatriz, mais aquele cachorrão treinado pra matar, à toa, ainda mais numa vila pacata como a nossa. Aqui só dá gente trabalhadora.
— Pra mim é quadrilha. Traficante de droga, sei lá. Tome cuidado, hein, amigão! Prometi pra sua mãe que tudo vai dar certo.

— Que é isso, Zarolho? Não ponha medo não, eu sou escolado na vida. Se a coisa apertar pro meu lado, dou no pé. Depois o Faísca vai ficar meu amigo, você vai ver esse irmão de sangue desfilando com o bicho aí no campinho.

— Joia, rapaz. Daí ele cheira a turma toda e a gente pode até entrar de bando na casa que ele nem tá aí.

— Espere um pouco, nada de bando nessa história. O Farofa é um linguarudo, o Camaleão tem só tamanho e cabelo. Só se for pra assustar o Cicatriz com o tamanhão dele.

— Já serve. Depois ele faz o que a gente mandar.

— Os outros são muito crianças, vão contar tudo em casa, dar com a língua nos dentes. O Jaime...

— Esse serve, Wanderlei. É corajoso, bom de briga, não enruste na hora H. Também, né, pra ser juiz do campinho, precisa ter raça.

— Tá bom, o Jaime entra, o Camaleão também, mas muito bem ensinado pra não fazer besteira e pôr tudo a perder.

— E o Duca?

— De jeito nenhum, filhinho de mamãe. Sai correndo e chorando na hora. Nem sei como joga futebol.

— E o Pedro?

— Ah, esse vai bem. É esperto que é uma coisa. Tem cabeça, o danado.

— Muito bem. Então entramos nós dois, o Jaime, o Camaleão e o Pedro. Você traz o Faísca pra cheirar os cinco. E, quando chegar a hora, com o cachorrão é que eles não vão contar.

— Com o Faísca não, mas eles devem ter armas, sei lá. Já disse que aquele velho me cheirou mal. É cabra da pesada.

Zarolho coçou a orelha.

— Não diga que quer desistir agora!

— Desistir? Tá louco, companheiro. Você me conhece. Dou um tabuleiro de doces pra não entrar e uma padaria pra não sair. Ainda mais contando com você.

Juntaram as mãos, trançando os polegares.

— Irmão de sangue é pra isso — disse o Zarolho.

— Até o fim — concordou o Wanderlei.

Mais mistério pra complicar

— Agora deixe eu buscar essa correspondência, senão viro a mesa logo no primeiro dia — despediu-se o Wanderlei.
— Espere aí, esqueceu que eu vou junto?
— Sorte minha que o seu emprego sai só no outro mês.
— Aproveite que o que é bom dura pouco.
— Então vamos logo, senão perco a hora da escola.

Tomaram o primeiro ônibus para o centro, onde começariam a percorrer os endereços.

O sujeito sentado na frente deles lia atentamente um jornal. A manchete enorme chamava a atenção:

SEQUESTRADO BANQUEIRO!
POLÍCIA MOBILIZADA À PROCURA!

— Sumiram com o homem! — comentou o Wanderlei, fazendo o dono do jornal resmungar que ele estava lendo pelo seu ombro.
— Que homem? — quis saber o Zarolho.
— Sei lá, só diz que é banqueiro. Grande vantagem ficar rico e acabar sequestrado.
— Prefere ser pobre, é? — gozou o outro.
— Miserável não, né, mas rico demais também não. Acho que gente rica também tem problemas. Já imaginou poder comprar tudo, tudo? Perde até a graça. Eu, quando consigo comprar uma entrada de cinema, pulo de alegria.
— Bobagem, a gente acostuma com tudo na vida, e ser rico não é a pior coisa, pode ter certeza — garantiu o Zarolho, como se tivesse grande experiência no assunto.

Desceram no ponto final e foram para o endereço mais próximo.

— Epa! — O Zarolho parou de supetão no meio da rua. — Aí tem coisa!

— Que coisa, rapaz? — espantou-se o Wanderlei.

— Por que essa tal correspondência que a gente vai buscar não foi colocada no correio? Me diga.

— E não é que você tem razão? — concordou o outro. — Pagar condução e *boy* quando podia receber tudo de graça pelo carteiro? Só se os amigos dele também forem velhos e não puderem ir ao correio.

— Que besteira, Wanderlei. Então velho é sinônimo de imprestável? Eu só estou achando esquisito porque quase ninguém manda entregar a domicílio. Até convite de casamento se envia pelo correio, por falta de tempo.

— Como você sabe disso?

— A filha dos patrões da minha mãe casou o mês passado. Fui eu quem colocou os convites no correio.

Conversando, chegaram ao primeiro endereço.

— Olhe, é logo ali. Aquele prédio.

— Deve ser escritório. Aqui é tudo comercial.

Subiram nove andares no elevador antigo, de porta de ferro, gradeada. A sala nº 905 ficava logo à direita.

Wanderlei tocou a campainha. Por via das dúvidas, o Zarolho ficou junto, pro que desse e viesse.

Abriu a porta um homem de meia-idade, careca, ar simpático.

— O senhor Aldo está?

— Eu mesmo.

— Da parte do seu João, viemos buscar a correspondência.

— Ótimo! — O homem entrou rápido e voltou com um envelope estufado de tão cheio. Recomendou: — Leve com cuidado, garoto, feche bem a pasta.

Wanderlei obedeceu e ganhou uma gorjeta incrível: dez reais!

— Puxa vida! — murmurou o Zarolho, espantado.

Tem coisa estranha no pedaço...

— Se ao menos a gente pudesse abrir esse envelope — disse o Wanderlei, curioso.

— Pode não, é errado.

— Eu sei. E se entregasse pra polícia?

— Tá louco, seu? Sabe lá o que tem aí dentro? Daí a gente vira cúmplice sem dever nada e paga o pato com pena e tudo.

— Tem razão, Zarolho, bem que a mãe não queria. Como é, a gente desiste ou continua?

— O que você acha? Por um lado o serviço promete. Quantos nomes tem aí na lista?

— Uns dez, mais ou menos.

— Virgem, se continuar nessa base, dá pra ganhar mais da metade do ordenado num dia.

— Esquisito, né?

— Por outro lado, a gente não sabe o que tem nesse maldito envelope. Wanderlei até se benzeu.

— O que pode ser, hein, Zarolho? Se for coisa errada, minha mãe não perdoa.

— Sei lá, companheiro, sei lá. Vamos buscar a outra correspondência. Quem sabe descobrimos alguma coisa.

Andaram cinco quarteirões, o sol já quente àquela hora da manhã. O verão prometia. Entraram num bar e pediram um refrigerante. Eram quase nove horas quando chegaram ao outro endereço: uma floricultura com toldo na frente, muito elegante.

— O que desejam? — perguntou o gerente.

— Falar com seu Aparício.

— Não está no momento. Foi para a filial. Só com ele?

— Viemos buscar a correspondência do seu João.

— João, que João, menino?

— Sei lá; sou só o mensageiro.

— Está bem, vá a esse endereço. — O gerente rabiscou alguma coisa num papel.

— Xi, é em outro bairro — disse o Zarolho. — Agora não vai dar. Melhor buscar as encomendas que são por aqui mesmo e depois vamos até lá.

Correram mais alguns endereços localizados nas proximidades. Em cada um deles, uma reação.

Um deles era uma barbearia, onde um dos barbeiros ficou estranhamente pálido ao entregar o envelope e despachou-os rapidamente sem nem ao menos um muito obrigado.

Outro foi uma banca de jornais, onde a dona primeiro disse que não havia ninguém com aquele nome, apesar de o endereço estar certo, cruzamento de duas conhecidas avenidas do centro. Depois falou que era ela mesma, assim de repente, o que fez o Wanderlei ficar em dúvida.

— Afinal, dona, a senhora é ou não é a dona Margarida?

— Sou — admitiu a mulher, pegando um embrulho debaixo de uma pilha de revistas e entregando rápido ao menino, enquanto olhava, ressabiada, para os lados.

— Sem gorjeta os dois — comentou depois o Zarolho.

— Eles pareciam assustados, né? — respondeu o Wanderlei.

O outro endereço era um apartamento de luxo numa rua tradicional, com porteiro e tudo, que primeiro falou lá pra dentro com um intercomunicador e finalmente mandou-os subir pelo elevador de serviço.

Lá em cima foram recebidos por um rapaz que se disse copeiro do senhor Aguiar. Eles nem viram a figura. Receberam a correspondência do copeiro mesmo, outra nota de dez reais e a recomendação de não ficar de prosa com o porteiro na saída.

O endereço mais estranho, porém, foi aquele que dizia:

"Pegar no túmulo em nome da família Ernestino Xarés, quadra 26, cemitério das Almas, dentro do vaso de antúrios vermelhos."

Por essa ninguém esperava

— Essa agora? — O Zarolho entortou mais ainda os olhos porque estava nervoso. — O que a gente faz, companheiro?

— Vamos até o cemitério, ué — decidiu o Wanderlei.

— Você vai perder a aula na escola. Vamos deixar pra de tarde.

— Quer saber de uma coisa, Zarolho? A situação é de emergência, não é?

— É; a coisa está ficando feia.

— Pois então. Não tenho prova hoje. Vou faltar à aula e depois explico pra mãe e pra dona Belinha. Eu tenho um plano.

A essa altura, a barriga deles já roncava de fome. Entraram numa lanchonete e pediram sanduíches reforçados e laranjadas duplas.

— Deixe que eu pago — disse o Zarolho —, ainda tenho um restinho do salário de aviso prévio.

— Por que você largou o emprego? — quis saber o Wanderlei.

— Tinha de trabalhar em horários alternados, não podia estudar. Com o novo emprego que o doutor Fábio vai me arranjar, posso estudar à noite. Eu quero ir pra faculdade de Direito, se Deus quiser.

Fizeram um pouco de hora e tomaram um ônibus, descendo bem em frente ao cemitério. Lá, perguntando para o zelador e os jardineiros, localizaram finalmente a quadra 26.

— É esta aqui! — falou o Zarolho, parando em frente a uma sepultura branca, onde se via um grande vaso de antúrios vermelhos.

O Wanderlei olhou para todos os lados a fim de se certificar de que não havia testemunha e pôs a mão rapidamente dentro do vaso de antúrios.

— Achou? Vamos embora.

— Que embora o quê, Zarolho. Eu não achei nada e até foi bom, porque eu tenho um plano.

— É mesmo? Qual é?

— A gente se esconde e espera a pessoa que vem trazer a correspondência e então vai atrás dela.

— Genial! Mas onde é que a gente se esconde em cemitério, companheiro?

— Lugar é que não falta.

— Acho bom mesmo, que tá um sol de cozinhar miolo — concordou o Zarolho.

Bem atrás da sepultura havia um túmulo enorme de mármore negro. Agacharam-se ali e ficaram à espreita.

Acabaram cochilando.

Um barulho de passos despertou o Wanderlei, que cutucou o Zarolho; este se mexeu, mas não acordou de todo.

Wanderlei espiou, amedrontado. Uma velhinha de xale preto estava parada em frente à sepultura.

Ela acendeu uma vela e colocou sobre a lápide. Depois tirou um pano de lã da bolsa e começou a limpar a sepultura.

"Xi, com ela aí, não vem ninguém entregar a encomenda", pensou o garoto, desanimado.

Qual não foi sua surpresa, quando, repentinamente, a mulher abriu a bolsa, tirou um grande envelope e o colocou, certeira, no vaso de antúrios.

— Acorde, Zarolho. — O Wanderlei deu uma cotovelada no colega, que acordou, assustado.

— Que foi, que foi?

— Cale a boca, Zarolho! — murmurou o Wanderlei, apontando a velhinha, que já ia embora a passos miúdos e sem pressa.

— Atrás dela! — pulou o Zarolho.

O Wanderlei agarrou o envelope e guardou na pasta.

Guardaram alguma distância ao seguir a mulher. Viram quando ela saiu pelo portão principal e aceleraram o passo.

Mas não deu tempo. Assim que saíram na rua, um carro passou por eles, cantando os pneus, e viram, assombrados, a mulher praticamente se atirar dentro dele, que partiu a toda velocidade.

— Essa não! — gritou o Zarolho. — Viu o jeito dela pular pra dentro do carro? Dou um braço se ela é velha.

— Velha coisa nenhuma! — falou o Wanderlei, louco da vida.
— Ela enganou a gente direitinho.

Dona Malvina
cobra explicações

— Pela agilidade deve ser uma atleta — continuou o Zarolho.
— Ou um atleta. Quem garante que seja mesmo mulher?
— Puxa, quanto trabalho pra se disfarçar. Será que esse envelope é igual aos outros?
— Sei lá — suspirou o Wanderlei. — Se pudéssemos abrir um deles...
— Sabe o que eu acho? A gente vai ter de abrir...
— Mas você mesmo disse que é errado...
— Tá bom. Vamos dar mais tempo. Ainda tem correspondência pra buscar?
— Tem.
— Então vamos aproveitar bem o dia, companheiro, já que você perdeu a aula.

Passaram o resto da tarde recebendo a correspondência. Ganharam mais algumas gorjetas, que dividiram também entre os dois.
— Ficou só faltando o seu Aparício da floricultura — falou o Wanderlei.
— Esse é longe demais. Fica pra amanhã.
— Onde fica essa rua?
— Na zona norte. Já é tarde. Dona Malvina deve estar preocupadíssima com você.

Enfrentaram uma senhora fila de ônibus. Assim mesmo, como sardinhas em latas, chegaram à vila mais de oito horas da noite.

— Cuidado com a pasta, rapaz! — controlava o Zarolho.

— Tô com ela firme aqui no peito, sossegue — respondia o Wanderlei, tomando a maior cautela.

Foi só descerem do ônibus que o Pedro, colega de campinho, saiu gritando pra quem quisesse ouvir:

— O Wanderlei chegou, ele não sumiu, não, o Wanderlei chegou!

Dona Malvina apareceu no fim da vila, mãos sujas de farinha e olhos vermelhos de chorar.

— Foi o trânsito, mãe; tudo bem — desculpou-se o garoto.

— Seu capeta, moleque sem coração. Puxa, Zarolho, assim que você cuida do meu filho? — desabafou a mãe, abraçando o garoto e enfarinhando-o todo.

— A gente explica, dona Malvina — falou o Zarolho.

— Acho muito bom. — Dona Malvina torceu um beliscão no braço do Wanderlei.

— Credo, mãe — reclamou o menino —, primeiro abraça, depois belisca.

— Já pra dentro os dois que a explicação tem de ser muito boa, pra toda a aflição que eu passei hoje.

Na casa do Wanderlei os irmãos correram a abraçar o garoto. O caçula Jorge, de oito anos, falou:

— Credo, Wanderlei, nós achamos que você tinha morrido!

— Cale a boca, peste! — ralhou a mãe. — Já pra cama!

— Tem janta, mãe? — pediu o garoto, guardando a pasta.

O Wanderlei e o Zarolho jantaram com vontade. Quando terminaram, dona Malvina falou, séria:

— Muito bem, agora a explicação.

— Podemos confiar na senhora? — perguntou o Zarolho.

— Meu Deus do céu, vocês estão me deixando preocupada. Contem de uma vez. Não sou fofoqueira! Tenho mais o que fazer que ficar fofocando pelas janelas. E o velho de boné passou por aqui procurando por você, Wanderlei.

A mãe entra no esquema

— Eu quis telefonar do orelhão — desculpou-se o garoto —, mas a gente não podia perder tempo, precisava descobrir alguma pista.

— Pista, que pista? — Dona Malvina pôs as mãos na cabeça. — Dou exatamente um segundo pra vocês destravarem a língua...

— Podemos confiar na senhora? — repetiu o Zarolho.

— Claro que podem — disse ela, tentando se controlar.

— Então ouça com muita atenção — começou o Zarolho, muito sério e olhando para os lados, como se as paredes por ali tivessem ouvidos.

Dona Malvina primeiro abriu muito os olhos, depois a boca. Ficou uns instantes sem fala. Então fulminou:

— Eu não disse, Wanderlei, que não queria você perto dessa casa dos diabos?

— Calma, mãe — apaziguou o garoto. — Vai dizer que a senhora também não está curiosa de saber o que eu trouxe na pasta?

— Claro que estou — concordou a mãe. — Até mais que vocês. Mas e o perigo, o perigo?

— Pode ser até que nem seja coisa importante — maneirou o Zarolho. — Talvez seja uma brincadeira lá do seu João.

— Que por sinal estava aflito atrás dessa tal pasta — interrompeu dona Malvina. — Amanhã logo cedo, Wanderlei, quero que você entregue ela pro velho. Aí tem coisa, coisa brava.

— Pra falar a verdade, nós também achamos — concordou o Zarolho.

— E tem também o milionário que sumiu...

— Que milionário?

— O da notícia do jornal — disse o Wanderlei.

— Que tem a ver o milionário com o velho? — quis saber a mãe, alarmada.

— Por enquanto nada. Mas sabe lá...

— Pelo amor de Deus, não me deixe mais assustada do que estou. Não me venha com sequestro de milionário...

— É só uma cocegazinha aqui dentro — riu o Wanderlei.

— Não exagere, vai — pediu o Zarolho —, nosso problema é o velho e a correspondência dele. Não ligue não, dona Malvina, o Wanderlei quer ser repórter policial, vive imaginando coisa.

— Vai devolver a pasta amanhã e pedir demissão! — falou dona Malvina, o rosto corado de nervoso.

— De jeito nenhum — falou o garoto, decidido. — A senhora me conhece, mãe. Fico doente se não descobrir o fio dessa meada.

— Será que vou precisar prender você dentro de casa?

— Eu cuido dele, dona Malvina.

— Cuida coisa nenhuma. Logo no primeiro dia quase me mata de susto.

— Fugiu do controle — desculpou-se o rapaz.

— Ainda por cima cabulando aula. Dona Belinha também esteve aqui pra saber se você estava doente.

— Esteve mesmo? — O Wanderlei riu de gosto. — Ela diz que eu sou xereta, mas eu sei que sou o aluno preferido dela...

— Beleza, aluno preferido e cabulador. Se faltar novamente à aula, fica um mês sem ver televisão na vizinha. E sem campinho também.

— Cruz-credo, mãe. — O Wanderlei beijou os dedos em cruz. Sem televisão ele passava muito bem, mas sem campinho...

Um quarto muito suspeito

No dia seguinte bem cedinho, Wanderlei foi entregar a pasta para o seu João. O velho abriu a pasta sofregamente, respirou, aliviado:
— Que susto você me deu, rapaz!
— Que é isso, seu João. Trato é trato, foi só problema da condução. E ficou faltando o seu Aparício, ele não estava na loja.
— Bom serviço, Wanderlei. O Aparício espera até amanhã. Hoje você vai fazer uma coisa diferente.
— Diferente, como?
— Hoje não tem correspondência pra buscar. Você podia dar uma limpeza nesses vidros? Estão embaçados de tão sujos.
— Pode deixar. — Wanderlei respirou, aliviado. — Onde tem material de limpeza?
— Na cozinha, embaixo da pia.
Era a oportunidade que ele esperava para descobrir alguma coisa dentro da casa. Apanhou o balde, os panos, o sabão em pó e começou a limpeza pelos vidros da sala. Estavam mesmo sujos aqueles vidros. Desde que a família do seu Carlos mudara, eles não viam água.
Foi pelo corredor, em direção ao quintal, para buscar mais água. Na casa, que era térrea, havia quatro portas, fora as da cozinha e da

sala. Ele deduziu que seriam três quartos e um banheiro. Três portas estavam apenas encostadas. A última estava fechada.

Passando por ela, mexeu de leve na maçaneta. Trancada. De dentro do quarto, como em resposta, veio um gemido que fez o garoto dar um pulo para trás, de susto.

Nem bem ele se afastara, a porta se abriu e o Cicatriz apareceu com um molho de chaves na mão. Trancou a porta por fora e o Wanderlei tratou de encher o balde na torneira do quintal bem longe do alcance da estranha pessoa que era o Roque.

Lá fora, o caseiro fazia as vezes de jardineiro, picareta na mão. Faísca estava preso e não latiu à presença do menino.

— Quem diria, hein? — falou o Wanderlei para o caseiro. — Outro dia quase ele me mata e agora nem me liga.

— O mundo dá muitas voltas — replicou o homem, que parecia mal-humorado. Talvez não gostasse da presença do menino por ali.

— Como é seu nome, moço?

— José.

— O meu é Wanderlei.

— Pois trate de trabalhar e não faça perguntas — disse o homem, secamente.

Wanderlei, desapontado, voltou para dentro, após encher o balde. De quem seria o gemido no quarto trancado? Não havia ninguém no corredor; fazendo de conta que descansava, colou o ouvido na porta. Era impressão ou havia uma respiração ofegante do outro lado?

— Tem alguém aí? — perguntou baixinho, roído de curiosidade e medo ao mesmo tempo.

Escutou um barulho lá dentro, alguém se mexia ou rolava, um som abafado. Repetiu a pergunta:

— Tem alguém aí?

— Wanderlei!

O grito do seu João quase o matou de susto. Correu, derrubando água do balde.

— Quero esses vidros bem limpos...

— Pode deixar, fui buscar água limpa, estão sujos demais.

Esfregou com vontade os vidros, procurando se acalmar. Por que a pessoa não respondera? E por que o Cicatriz trancara a porta por fora? Pelo visto, quem estava lá dentro do quarto era um prisioneiro.

"Preciso falar com o Zarolho, hoje, sem falta", pensou o Wanderlei. A coisa toda estava se complicando.

Dez horas, o garoto pediu licença e saiu para almoçar e ir à escola. No caminho, providencialmente, encontrou o Zarolho mais o Camaleão, o Jaime e o Pedro formando uma rodinha no campinho. Zarolho piscou para ele, o que queria dizer: "a turma está por dentro, companheiro".

— Novidades — disse o Wanderlei, entrando na rodinha. — Vocês nem imaginam!

De quem será o gemido?

— Sabe o que eu acho disso tudo? — falou o Pedro, um loirinho sardento e vivo como ele só. — Eles raptaram alguém e prenderam naquele quarto.

— Gente, vamos conversando pelo caminho, senão eu perco a hora da escola e desta vez minha mãe não perdoa — pediu o Wanderlei.

— Eu também entro às onze — disse o Pedro.

O Jaime estudava das duas às cinco da tarde, junto com o Camaleão. O Zarolho tinha terminado a 8ª série e estava esperando o emprego sair para fazer o curso médio à noite.

— Raptaram quem? — perguntou o Camaleão.

— Eu não disse que não dava pra ele entrar? — resmungou o Wanderlei.

— Calma, companheiro — interferiu o Zarolho. — Escute, Camaleão, se a gente soubesse, não estava aqui reunido pra descobrir, né?

— É mesmo. — O Camaleão riu, mostrando os dentes. — Será que é o tal milionário... vocês viram a notícia no jornal?

— Seria coincidência demais — interrompeu o Jaime, um garotão moreno, musculoso, corajoso o suficiente para apitar o futebol no campinho.

— Mas não impossível — completou o Pedro. — Tem alguém preso naquele quarto e um milionário sumido. Dou um dedo se não forem a mesma pessoa.

O Zarolho, o mais velho deles, ficou sério de repente:

— Se isso for verdade, você está em apuros, Wanderlei.

— Ele é menor — concordou o Camaleão.

— Daí? Se acontecer alguma coisa, ele vai pra Febem e a dona Malvina, credo, até morre de tristeza.
— Vire essa boca pra lá! — gritou o Wanderlei. — Nós vamos descobrir o que se passa lá na casa amarela e entregar o bando pra polícia.
— Descobrir como?
— O cachorrão já não late mais pra mim. Confirmei isso hoje.
— Puxa, tão depressa...
— É, criança e bicho se dão bem. Ele me farejou bastante ontem, já deve ter conhecido meu cheiro. É verdade que estava preso, mas logo, logo está comendo na minha mão.
— Daí?
— Daí que ele vai conseguir trazer o bicho pra passear e então ele cheira todos nós e ficamos amigos — completou o Zarolho.
— Que ideia-mãe! — elogiou o Pedro.
— E, daqui uns dias, nós todos poderemos entrar na casa, abrir o tal quarto e descobrir o mistério.
— Facinho, né? — caçoou o Pedro.
— E a tal correspondência? — perguntou o Camaleão.
— É mesmo, a correspondência — repetiu o Jaime. — Será que há alguma ligação entre ela e o quarto fechado?
— Pra mim há — garantiu o Zarolho. — Acho que eles estão vendendo proteção.
— Credo! — O Pedro arregalou os olhos. — Igualzinho à máfia que a gente vê na televisão.
— Não é nada disso — disse o Jaime —, eu acho que eles vão assaltar algum banco e sequestraram o gerente pra facilitar a coisa.
— Você nem sabe se é homem, cara.
— Querem saber a minha opinião? — arriscou o Pedro. — Esse tal Roque é um bandido fugido de alguma cadeia, um bandido perigoso. Ele finge que não fala, só pra disfarçar. E quem está preso no quarto é o policial que prendeu ele, e o Cicatriz pra se vingar vai matar o cara bem devagarinho...
— Eu vou sair dessa história — falou, muito pálido, o Camaleão.
— Eu não disse que ele só tem tamanho e cabelo? — gritou, louco da vida, o Wanderlei.

Pondo o plano em prática

A semana seguinte transcorreu normalmente, o Wanderlei e o Zarolho recebendo de cinco a seis envelopes diários nos tais endereços. Enquanto isso, os outros garotos vigiavam a casa amarela.

Wanderlei fez progressos incríveis com o Faísca. O cão já comia na mão do menino. Dona Malvina tinha razão: criança e bicho combinam perfeitamente, como unha e carne.

Até que seu João fez o pedido tão esperado:

— Wanderlei, por favor, leve o Faísca para passear. O cão está ficando neurótico por falta de espaço.

Wanderlei quase gritou de alegria. Colocou a guia no dóberman e saiu feliz da vida em direção ao campinho.

— Olhem quem vem lá! — gritou o Zarolho, avisando a turma.

Os garotos rodearam o Wanderlei, que não perdeu tempo. Fez o Faísca cheirar os quatro, enquanto repetia:

— Amigo, Faísca, amigo, Faísca.

O cão latiu, rosnou, mas aos poucos foi se acalmando. O Camaleão quis dar uma de bom e tentou segurar a guia. O Faísca avançou e, não fosse o tranco certeiro do Zarolho, lá se ia a mão do rapaz.

— Burro! — gritou o Wanderlei. — Pensa que é assim, sem mais aquela? Eu trabalho lá na casa, ele me vê todos os dias. Com esse cachorro não se brinca.

— Muito bem, ao que interessa — interrompeu o Pedro. — Eu, o Jaime e o Camaleão ficamos de olho na casa a semana inteira, enquanto vocês iam buscar a correspondência, conforme o trato.

— Então?

— Continua o mesmo entra e sai dos caras mal-encarados.

— Repararam se são os mesmos?

— Tenho certeza — falou o Jaime. — Conheço pela roupa, pelo jeito de andar, que o rosto a gente vê pouco, estão sempre de cabeça baixa, se escondendo.

— Quanto a nós, a velha história, pegando a correspondência a domicílio e morrendo de vontade de abrir os envelopes.

— E o quarto dos gemidos? — lembrou o Camaleão.

— Por falar nisso, não ouvi mais gemido algum — disse o Wanderlei. — E hoje o quarto está aberto.

— O que será que eles fizeram com o homem? — perguntou o Camaleão, o mais impressionado com aquela história.

— Que homem, Camaleão? — riu o Pedro. — A gente nem sabe o que era, mulher, criança, sei lá. Podia ser até bicho.

— Homem — insistiu o Camaleão.

— Agora ele botou na cabeça dele que era um homem — falou o Wanderlei. — Quero só ver tirar a ideia de lá.

— Pois eu ainda vou provar pra vocês que era um homem...

Depois de passear bastante com o Faísca, o Wanderlei voltou à casa. Nem bem entraram, o cão disparou até o fundo do quintal, onde se pôs a cavar como um louco o canteiro maior, que teria mais ou menos dois metros de comprimento por um de largura.

— Quieto, Faísca! — gritou o menino.

— Não é nada, não. — O caseiro apareceu de repente. — Atropelaram um cachorro ontem e, como nunca passa lixeiro por aqui, enterrei-o no canteiro.

— Que horas foi isso? — quis saber o menino.

— Logo depois do almoço, quando você estava na escola.

— Ué, e só agora o Faísca descobriu? Ele não viu você enterrar o cachorro?

— Viu não, ele estava preso no banheiro dos fundos porque late muito por causa da molecada que passa o dia aí no campinho.

— Por que será que a turma não me contou nada? — estranhou o Wanderlei.

Uma ideia dez

Nessa noite o Wanderlei até perdeu o sono e ficou virando um tempão na cama, pensando, pensando...

"Quem seria a pessoa presa no quarto a sete chaves pelo Cicatriz? Por que ela gemia? Por que não respondera a seu chamado, quando isso podia significar a salvação? Por que agora o quarto estava aberto, e a pessoa sumira? Quem estava enterrado no quintal, causando tamanha aflição ao Faísca, dono de um faro certeiro? Seria mesmo o cão atropelado no campinho?"

Por quê? Por quê? Por quê? A cabeça do garoto fervia de tanta pergunta.

Enquanto isso, uma dúvida, havia muito tempo guardada no pensamento, aflorava à luz. Nunca mais ele vira os tais homens malencarados. Naturalmente eles só chegavam na hora em que ele não estava por lá. Coincidência ou não, bastava ele e o Zarolho virarem as costas para os tais homens aparecerem, segundo o testemunho indiscutível dos companheiros.

E que horas seriam essas? Das sete da manhã, quando saía para buscar os benditos envelopes, até voltar da escola mais ou menos às três horas, quando geralmente tornava a sair, se o serviço era muito. Seu João até sugeriu que ele fosse direto ao trabalho, confiava no menino.

Ele precisava urgentemente permanecer na casa nesse horário em que apareciam os tais homens. Mas de uma forma que ninguém soubesse, ou seja, escondido dentro da casa. Mas como?

As portas dos aposentos viviam abertas, não havia armários embutidos e gente de sobra para descobri-lo; sem falar no Faísca, que o farejava de longe e vinha lamber sua mão, amigo agora do coração.

Só se fosse... deu um pulo na cama, agitado. A mulher do cemitério, a falsa velhinha de xale e peruca branca dera-lhe a ideia salvadora.

Viu luz na cozinha, a mãe até tarde da noite enrolando doces e preparando salgados. Correu pra lá.

— Mãe, mãe!

— Que foi, Wanderlei? Tá com dor de barriga? Eu bem que avisei que doce quente faz mal.

— Não é nada disso, mãe, eu queria umas roupas suas emprestadas.

— Ué, pra quê?

— Precisa saber?

— Se é pra safadeza, já viu...

— Empreste em confiança, vá...

— É pra fazer teatro lá na escola? Dona Belinha falou qualquer coisa...

Wanderlei caiu na risada.

— Mais ou menos, mãe, mais ou menos, digamos que eu preciso passar por mulher numa emergência.

A mãe estava cansada demais pra discutir.

— Pegue lá no cabide a saia florida com uma blusa branca. Sapato tem embaixo da cama, aquele velho de lavar quintal.

— A senhora tem peruca, mãe?

— Que peruca, moleque, eu lá tenho dinheiro pra isso?

"Sem peruca, nada feito", pensou o Wanderlei.

"Será que a Dona Elvira usa peruca?"

Bem a calhar, a encomenda que a mãe estava preparando era pra entregar perto da casa da dona Elvira.

Logo cedinho, tocou a campainha da casa e esperou um tempão até a empregada atender.

— Dona Elvira está?

— Está dormindo, menino. Volte mais tarde.

— Puxa, é urgente.

— Alguém está doente, sua mãe, seus irmãos?

— Não é essa emergência.

— Então volte mais tarde — repetiu a empregada, fechando a porta.

Escolhendo o espião a dedo...

— Quiá, quiá, quiá... — A vaia que o Wanderlei levou quando falou do plano pra turma no campinho foi arrasadora.

— Parem com isso, seus bocós. — O Wanderlei até ficou pálido de raiva. — Vocês não veem que é o único jeito?

— Sua mãe é alta e você é nanico — disse o Zarolho, esquecido de que também não era essas coisas em matéria de altura. — Vai ficar é um Judas de sábado de aleluia: a gente pendura e malha você aqui no campinho.

— Xi, esqueci disso — disse o Wanderlei, desapontado. A mãe dele realmente era alta, um metro e setenta pelo menos, descalça.

Olhou pro lado do Camaleão, que foi logo berrando:

— Olhe não, companheiro, não me visto de mulher nem morto, ouviu, nem morto!

— Com esse tamanhão ia ser dez — riu o Zarolho. — Belezoca de minissaia.

— Essa eu não aguento. — O Camaleão avançou, decidido a topar briga de capoeira, fosse o que fosse.

— Desculpe, Camaleão — maneirou o Zarolho. — É que só de imaginar não consigo parar de rir.

— Por que não vai você, Zarolhinha? — falou o Camaleão, fazendo a turma cair na risada.

— O velho conhece ele — interrompeu o Wanderlei. — Quem é que esquece do Zarolho?

— Gozação tem hora — bufou o outro, avermelhando.

O Wanderlei gaguejou, percebendo o fora.

— A gente lembra sem querer, né?

— O Jaime tá sob medida — disse o Pedro. — Tem mais ou menos a altura da dona Malvina e ainda não tem barba como o Zarolho e o Camaleão. Eu também sou pequeno demais.

A turma toda olhou pro Jaime, que foi logo gritando:

— O cachorro me avança, me arranca a roupa, o Cicatriz me mata, mortinho da silva, minha mãe morre de desgosto e eu venho puxar a perna de vocês, seus filhos da peste.

— Credo, tudo isso é medo? — O Wanderlei até sentou pra rir.

— Mas, se é pra ir o Jaime, não precisa ir de mulher — falou o Zarolho. — Eles não conhecem os moleques aqui do campinho, só nós dois.

— Melhorou. — Respirou, aliviado, o Jaime. — Mesmo assim o cachorro me avança...

— Cale a boca! — berrou o Wanderlei. — Se é pra negar fogo, melhor desistir já. Se for pra correr molhando as calças, corre agora, que eu não estou arriscando a pele lá dentro pra neném fazer xixi na hora H.

— Tô brincando, Wanderlei — respondeu, desapontado, o Jaime. Ele sempre tivera fama de corajoso, o único por ali a apitar o jogo do campinho. De repente, batera a bobeira.

— Tirou férias de coragem, cara? — caçoou o Camaleão, levando de troco um olhar furioso do garoto.

— Eu vou — disse o Jaime, secamente. — Vou de nega maluca, mas vou. Vou provar pra vocês que sou homem...

— Besteira — disse o Zarolho. — Conhecem a Maria Sá, aquela lavadeira que mora perto da bica? Nunca vi gente tão corajosa. Outro dia botou pra correr um ladrão com faca e tudo. Essa história de ser homem é bobagem, vale é a fibra da pessoa.

— Então vou de Maria Sá — garantiu o Jaime, disposto a tudo pra provar a fibra dele.

— Assim é que se fala. — O Wanderlei deu um tabefe nas costas do outro.

— Tô achando besteira ir de mulher — insistiu o Zarolho.

— E você acha que eles iam deixar entrar um negão desse tamanho? De mulher é mais fácil, né? Eu acho um jeito de colocar a Jaíra lá dentro.

— Que Jaíra?

— Tudo pelo amor da fibra — resmungou o Jaime, cerrando os dentes.

Todo mundo (mesmo sem saber) colabora

Indo para a escola, o Wanderlei passou na casa da dona Elvira. Batera em porta certa, aliás, sobejamente conhecida da vizinhança. Dona Elvira era incapaz de dizer não. Emprestava xícara de açúcar, medida de arroz, colher de café, o que as vizinhas pedissem, e poucas lembravam de devolver.

Pobre na sua porta nunca saía de mão vazia. O apelido de dona Elvira no bairro era "coração de mãe". Só quem não gostava da história era o marido dela, que pagava a conta do armazém, e a empregada, que atendia à porta o dia inteiro pra vizinhança.

Wanderlei saiu cantarolando depois de guardar a peruca na mala. Uma peruca ruiva meio espetada, porque fora guardada fora da fôrma, jogada dentro do armário. Assim mesmo cumpriria sua missão na cabeça do Jaime.

Agora restava o mais difícil: achar o jeito de colocar o Jaime dentro da casa amarela. Na escola, desligou tanto da realidade, tentando achar o jeito, que dona Belinha reclamou:

— Acorde, Wanderlei! O Estado me paga pra eu dar aulas, não pra ninar aluno com sono. Sou empregada do Estado, não sua...

O Wanderlei deu um pulo na carteira:

— Dona Belinha, posso sair?

— Ah, é isso. Quer saber de uma coisa? Vá direto pra casa.

— Professora santa! — Wanderlei jogou um beijo pra dona Belinha, que sorriu. Aquele moleque xereta, elétrico, era sem dúvida seu melhor aluno, o que mais a gratificava com as frequentes perguntas, a curiosidade permanente: "Por que isso, dona Belinha, por que aquilo?"

Wanderlei foi falando sozinho o caminho inteiro:

— Empregada, empregada, empregada...

Chegou na casa amarela, foi logo despachando:

— Seu João, o senhor não precisa de uma faxineira de confiança? Tem uma amiga da minha mãe que tá precisando trabalhar. É pessoa quieta, direita...

— Que idade tem?

— Uns vinte e pouco. Trabalhadeira, viu, seu João? É que a casa está tão empoeirada, então pensei: "Seu João precisa de uma faxineira..."

— Esperto, hein, garoto? Mande a moça falar comigo, amanhã bem cedo. Antes das oito, ouviu?

— Pode deixar que eu mesmo trago ela — garantiu o Wanderlei, vibrando.

O duro foi convencer o Jaime. Passado o entusiasmo, a vontade de mostrar a fibra, nem o exemplo da Maria Sá convencia mais.

— De mulher não vou!

— Só por uns dias, Jaimão — suplicava o Zarolho. — Que diabo, amigo é pra essas coisas. Você quer ou não descobrir o mistério?

— Se cai a peruca, se eu tropeço no salto, se a saia escorrega — gemia o garoto, desesperado. — Se meu pai me pega, ele me mata.

— Ninguém vai saber, juro. — O Wanderlei beijou os dedos em cruz. — Faça de conta que está trabalhando lá no teatro da escola. Você não lembra que a professora contou que, no Japão, antigamente, eram os homens que faziam os papéis femininos usando máscaras?

— Aqui não é Japão — fungou o Jaime. — Vocês sabem muito bem como é por aqui.

— Tem razão, tô contigo e não abro, companheiro — solidarizou-se o Camaleão.

— Não atrapalhe, Camaleão — gritou o Wanderlei. — Tive um trabalho desgraçado pra conseguir botar o Jaime lá dentro e vem você bancar o machão.

— Tá bom — bufou o Jaime —, tá bom. Só pra não dizerem que eu não tenho fibra. Mas se der errado, vocês me pagam. Com juros, com juros, ouviram?

— Até com correção monetária — apoiou o Zarolho.

— Que é isso? — perguntou o Pedro.

— Depois eu explico.

Situação de risco...

Deu um trabalho terrível vestir o Jaime, mas compensou. Isso desde as cinco horas da manhã lá no campinho, a seringueira servindo de camarim.

Às sete, o Wanderlei bateu palmas na casa amarela e o Cicatriz veio abrir a porta como sempre, trazendo o Faísca pela guia.

O cão não latiu à presença da mulher que acompanhava o menino; isso fez o Cicatriz franzir ligeiramente os músculos do rosto.

— Seu João está esperando, esta é a nova faxineira — disse o Wanderlei mais que depressa, pensando: "Não entregue a gente, Faísca, por favor..."

Mas o Faísca colaborou em gênero e número.

— Seu nome, moça? — perguntou o velho.

— Jaíra. — O Jaime disfarçou o máximo a voz. Felizmente estava naquela faixa de idade em que a voz fica indefinida, rachada como taquara.

— A senhora é faxineira?

— Ela é meio envergonhada, seu João — interrompeu o Wanderlei —, mas um pé de boi pra trabalhar.

— Muito bem — falou o velho com pressa. — Pode começar já. Sou bom patrão, moça, quem trabalha comigo não se arrepende, o Wanderlei pode dizer. É só manter a boca fechada e os ouvidos mais ainda.

— Sim, senhor — falou a Jaíra, quer dizer, o Jaime.

— Dê material de limpeza para ela — mandou o velho. — Comece lá pelos fundos, dona, o quintal está precisando de uma boa água. Só entre quando eu mandar, ouviu?
— Entendi.
Felizmente, alta como era, dona Malvina usava sapatos sem saltos. O Jaime tratou de ir saindo da sala, atrás do Wanderlei. Num canto, o Cicatriz observava, mudo como sempre, o olhar parado de peixe morto.
— Como eu me saí? — quis saber o Jaime, preocupado.
— Ótimo, companheiro, ótimo. — Wanderlei fez sinal de vitória.
Logo mais ele também saía para buscar a correspondência. Jaime até se benzeu quando se viu sozinho na casa. Decidido, pôs-se a lavar o quintal. Faísca, preso na corrente, parecia indiferente à sua presença.

O caseiro trabalhava como sempre nos canteiros, plantando e replantando o jardim, que já tomava novo aspecto, diferente do abandono inicial.

Jaime reparou que, logo após a saída do amigo, começaram a chegar os tais homens. Olhavam para os lados e entravam rapidamente na casa.

O velho tinha sido claro. Não entrar se não fosse chamado. Mas ali fora, certamente, ele não descobriria nada. E, quanto mais cedo descobrisse, mais cedo se livraria daquele disfarce de faxineira.

— Moço, preciso de mais sabão — falou para o caseiro.
— Embaixo da pia da cozinha — replicou o outro, agachado, entretido em tirar umas ervas daninhas.

Entrou na cozinha, pegou a caixa de sabão em pó. O corredor estava vazio. Esgueirou-se por ele, evitando fazer barulho nos tacos gastos e desbotados.

A porta da sala estava entreaberta. Lá dentro, os homens falavam animadamente, enquanto os telefones tocavam sem parar.

Um deles atendeu o telefone, dizendo em voz sonora:
— Nome e endereço, por favor, o portador apanha.
— Boa a sua ideia — falou outro no fundo da sala.
— Claro, funciona e é seguro. Quem vai desconfiar de um garoto?

A mão peluda do Cicatriz pousou como uma garra no ombro do Jaime.

Improvisar é a alma do negócio!

— Escute, Zarolho — falou o Wanderlei para o amigo —, é verdade que atropelaram um cachorro lá em frente ao campinho?

— Que história é essa? — O Zarolho entortou mais ainda os olhos, o que acontecia quando ele ficava nervoso ou curioso com alguma coisa.

— Foi seu José, o caseiro, quem me contou. Disse até que por falta de lixeiro ele enterrou o cão no jardim da casa.

— Tá besta, seu? Não atropelaram cachorro nenhum. A turma tá de sobreaviso e nas horas em que você está na aula também fico por lá. Não vi cachorro nenhum ser atropelado. Lá quase nem passa carro...

— Foi o que eu pensei. Será que não foi perigoso colocar o Jaime lá dentro? Se pegam ele com a boca na botija...

— É só ele fazer as coisas direitinho que não acontece nada — garantiu Zarolho, mais pra tranquilizar o companheiro. No fundo ele tinha o mesmo receio.

Voltaram mais cedo aquele dia para saberem notícias do amigo. Desceram do ônibus, distraídos. No campinho, o Jaime batia papo numa roda de amigos.

— Jaime! — Wanderlei correu em direção ao garoto. — O que você está fazendo aqui fora?

O Jaime despediu-se dos outros e juntou-se ao Wanderlei e ao Zarolho.

— Estão preparados para ouvir uma história incrível?

— Desembuche.

— O Cicatriz me apanhou em flagrante, ouvindo a conversa dos homens.

— E não era só pra você entrar na casa quando o seu João chamasse? — reclamou o Wanderlei. — Seu apressado de uma figa.

— O que você quer? Quanto mais cedo eu descobrisse a coisa, mais cedo me livraria daquela saia florida.

— E descobriu?

— Sente que a história é comprida. Sorte sua, Wanderlei, o seu amigo aqui tem fibra, ouviu, fibra, senão tinha entregado você na hora.

— Conte de uma vez...

O garoto narrou o diálogo que ele ouvira escondido no corredor até o Cicatriz o agarrar pelo braço e entrar com ele na tal sala.

— Daí?

— Daí que eu dei um *show* digno do maior artista do mundo — garantiu o Jaime, sorrindo. — Estou até pensando em ser ator de novela.

— Mas conte, seu peste! — gritou o Wanderlei, sacudindo o outro.

— Comecei chorando e gemendo, que estava morto de medo mesmo, e então aproveitei. E os homens todos ali me olhando e eu pensando: "Tô perdido mesmo, não custa tentar..."

— Então...

— Então contei uma história maluca, que estava indo pra sala falar com o velho porque queria um dinheiro adiantado pra comprar cigarro pro meu marido, preso na penitenciária, onde eu vou todos os domingos visitar ele.

— Misericórdia! — O Zarolho até sentou na grama rala do campinho.

— Chorei tanto, meti a mão no bolso da saia, achei um lenço da dona Malvina, assoei o nariz, pedi desculpa, fui tão perfeito que o velho falou:

— Tome aí, dona, cinquenta reais pra comprar cigarro pro seu marido. Mas não precisa vir mais trabalhar, não.

— E você? — quis saber o Wanderlei, incrédulo.

— Agradeci e tratei de dar o fora. Levei a roupa pra dona Malvina e a peruca devolvi em seu nome pra dona Elvira. Nunca mais, hein, nunca mais, nem por honra da fibra, nem por honra da Maria Sá, nem...

Não acabou de falar. Um carro de polícia passou a toda por eles, a sirena altíssima. A criançada da vila saiu correndo, enquanto das casas surgiam os moradores, curiosos. Até dona Malvina largou das massas e veio espiar na porta.

Uma nova (e poderosa) aliada

— Vamos lá! — O Wanderlei disparou, seguido pelos outros.

A turma do campinho correu em peso. Passaram pela casa do seu João, o Zarolho ainda falou:

— Que susto, gente, pensei que a batida era aqui!

— Foram em direção à represa! — gritou um conhecido, apontando o caminho.

Represa era o nome que os moradores da vila davam para um tanque de água que havia nas terras de um senhor, chamado Takashi, onde a criançada costumava nadar em dias de calor.

O tanque era enorme e poluído, mais de uma criança morrera afogada em suas águas. As mães proibiam os filhos de entrarem na represa. Que nada. Quando viravam as costas, iam trabalhar na cidade, nas fábricas ou casas de família, os filhos cabulavam as aulas e iam nadar na represa.

— Essa represa está ficando maldita — esconjurou Maria Sá, engrossando a procissão. Era uma mulher alta, morena, ainda bonita.

Morava sozinha, diziam que tinha filhos e netos, mas ninguém a visitava. Ganhara fama pela coragem em defender a si mesma e aos vizinhos. Com Maria Sá podia-se contar em qualquer ocasião: doença, morte, alegria, pra ajudar num parto repentino ou apartar uma briga.

O Jaime emparelhou com a Maria Sá. Afinal agora ele merecia. Enfrentara o perigo e não entregara os amigos.

Quando chegaram à represa, o carro de polícia estava parado na porta da chácara, os policiais falando com o dono, lá dentro.

A turma da vila ficou por ali, aguardando os acontecimentos.

Viram quando os policiais saíram com o seu Takashi e espalharam-se pelo terreno, como se procurassem alguma coisa.

— Wanderlei!

Dona Malvina segurou o filho pela gola da camisa.

— O que você está fazendo aqui?

— O mesmo que a senhora, mãe...

— Você tem vindo aqui, moleque?

— Deus me livre, mãe, pensa que esqueci?

A experiência do Wanderlei em relação à represa tinha sido horrível. Ele fora nadar uma manhã, levado pelos amigos e desobedecendo à sua mãe.

Um deles, o Lázaro, ficou preso dentro do tanque e, por mais que os amigos tentassem salvá-lo, acabou morrendo afogado.

Os bombeiros tiraram a custo o cadáver. E o Wanderlei viu tudo. O corpinho gelado na beira do tanque, os olhos muito abertos, a cara inchada e roxa... horrível!

Gritou a noite toda, teve febre. Dona Malvina passou a madrugada acalmando o filho, dando chá de melissa, erva maravilhosa que crescia ali no campinho pra quem quisesse apanhar.

— Deus me livre de chegar perto desse tanque de novo — falou o Wanderlei, os olhos marejados de lágrimas ao lembrar do Lázaro, um molequinho tão bom, oito anos apenas, filho da dona Gertrudes, coitada, que até hoje ainda estava doente dos nervos, sem poder trabalhar, de licença pela caixa.

Um burburinho chamou a atenção dos moradores da vila, que foram se aproximando do local onde a polícia parece que descobrira alguma coisa.

— Olhem lá! — O Zarolho apontou para o carro mercedes-benz prateado, semiescondido entre as árvores.

A coisa se complica

Até altas horas da noite, a vila ficou em rebuliço. Primeiro os policiais cercaram o carro, constatando que ele estava aberto. Revistaram todo ele, tomando as devidas cautelas para não estragar possíveis impressões digitais. Levaram depois seu Takashi à delegacia do bairro para prestar depoimento. O homem estava até pálido, de susto.

Mais tarde, vieram os policiais da Técnica procurar as tais impressões digitais e ficaram um tempão trabalhando no carro. Quem é que desgrudava dali? Até dona Malvina esqueceu massas e doces e ficou tagarelando com as conhecidas, que ninguém é de ferro.

A turma do campinho sentou pelo chão e criou raiz. Foi um tal de comprar bala na venda do seu Manoel, que por sinal deixara a mulher dele no balcão de cara amarrada por estar perdendo todo o espetáculo.

— Tô vendo que xereta não sou só eu — riu o Wanderlei, vendo o povão da vila todo por ali. E, à medida que os que trabalhavam iam voltando do serviço, a plateia engrossava. Parecia até festa. Só faltavam o pipoqueiro e os fogos de artifício.

Quer dizer, faltavam só os fogos de artifício, porque assim que o Juca, pipoqueiro oficial da vila, soube da coisa, veio de carrocinha e tudo e faturou alto às margens da represa, a uma prudente distância da polícia.

Lá pelas tantas veio finalmente o guincho e levou o carro.

— Acabou-se o que era doce — resmungou o Juca, fechando o carrinho e preparando-se para empurrá-lo muitos quarteirões até sua casa.

A molecada também se dispersou, chamada pelos pais. Essa noite, ninguém ligou televisão na vila, a programação fora ao vivo. Se o Ibope foi baixo, em compensação conversaram, riram, viram conhecidos, divertiram-se à beça. O carro e a polícia tinham sido apenas pretexto para todo mundo quebrar a rotina, sair de casa, bater um papo descontraído.

Dona Malvina até voltou de melhor humor, depois de passar algumas horas longe do fogão. Veio cantarolando, alegre, com os filhos pelo caminho.

No dia seguinte, cedinho, Wanderlei foi correndo comprar jornal. Estava louco para saber alguma coisa sobre o sucedido. Lá na página policial, que ele adorava ler (era a melhor parte do jornal na sua opinião de futuro repórter policial), vinha a manchete:

ACHADO, EM VILA DE PERIFERIA, O CARRO DE MILIONÁRIO SEQUESTRADO

E, embaixo, a notícia:

"Foi encontrado a tarde passada, depois de um telefonema anônimo dado à polícia, o carro mercedes-benz, prateado, ano 2000, chapa nº tal, de propriedade do milionário sequestrado, há dias, dr. Aloísio Fonseca Netto, que continua desaparecido. A família do milionário nega qualquer contato com os sequestradores, tendo entregue o caso à polícia. Esta supõe que o carro tenha sido abandonado pelos marginais, na chácara de propriedade do sr. Takashi, que também nega qualquer conhecimento do fato."

— Saiu a notícia? — quis saber a mãe, curiosa. Pelo visto, o Wanderlei tinha a quem puxar.

— Leia, mãe.

— Santa Rita de Cássia! — Dona Malvina benzeu-se. — Será que as suas cócegas eram verdadeiras, Wanderlei?

— Sei lá, mãe, e ainda tem coisa que a senhora não sabe.

— Então conte, moleque, quer me matar de curiosidade? Já disse que sou um túmulo.

O Wanderlei narrou o episódio dos gemidos dias seguidos, no quarto trancado, de como o Faísca afundara no canteiro, cavando a terra, e a desculpa do caseiro de que havia enterrado um cachorro atropelado.

— E o quarto agora está aberto! — falou, certeira, dona Malvina.

— Eta, mãe, que detetive a senhora tá me saindo...

— Está aberto?

— Está. E ninguém viu cachorro nenhum atropelado por lá. E tem mais. Sabe aquela roupa que eu emprestei da senhora? O Jaime se disfarçou de faxineira, entrou na casa amarela, ouviu uma história esquisita de entregar para o garoto portador, até o Cicatriz pegar ele com a boca na botija. E ainda foi despedido com cinquenta reais sem descobrirem que ele era homem.

— Então foi isso!

— Isso o quê, mãe?

— Eu encontrei o seu João, o velho de boné, na rua, quando voltava da feira. Ele estava na venda do seu Manoel, tomando café.

— Então?

— Ele me cumprimentou muito educado e falou:

— Pena que a dona Jaíra não deu certo...

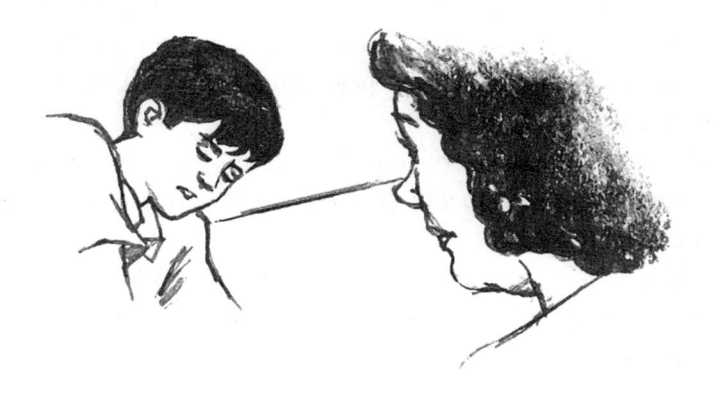

Usando a cabeça

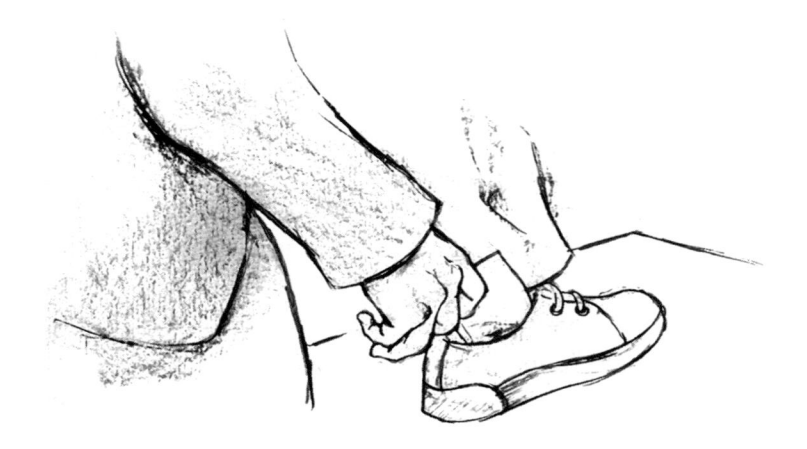

— Só isso?

— Só. Eu até pensei que ele fosse meio pirado, eu lá sabia quem era a tal Jaíra. Tratei de ir me despedindo.

— Ah, que sorte! — riu o Wanderlei. — Pois a Jaíra era justamente o Jaime disfarçado de mulher. Eu disse pro velho que ela era amiga sua.

— Seu capeta, e se tivesse dito que não conhecia Jaíra nenhuma? Entregava você sem saber.

— Deu tudo certo, mãe, não esquente — falou o Wanderlei. — Agora a senhora fica prevenida. O Jaime contou uma história louca, que o marido dela, quer dizer, da Jaíra, está preso e por isso ia pedir um adiantamento quando foi pego no flagrante. E ainda ganhou cinquenta reais, o danado.

— Eta molecada sem serviço. — Dona Malvina agora estava furiosa.

— Tchau, mãe — despediu-se o Wanderlei, antes que a coisa toda sobrasse pra ele.

— Wanderlei, volte aqui! — ainda gritou a mãe, lembrando de repente da parte da história que falava do portador. Mas o Wanderlei já estava longe.

Chegou no serviço, pontual como sempre. Havia um estranho movimento na casa, incomum àquela hora da manhã. Roque, mesmo sem emitir um som, parecia aflito. O caseiro, como sempre, lidava nos canteiros do jardim, que, a essa altura, estavam lindos. Não virou nem a cabeça à chegada do menino. Faísca correu ao encontro do Wanderlei, festeiro, lambendo as mãos e as pernas do garoto.

Seu João chamou, áspero:

— Wanderlei, venha cá! Tenho muito serviço pra você.

— Sim, senhor.

— Está vendo estes papéis? — Apontou. — Queime tudo no fundo do quintal que não dê pra ver da rua. Use aquele latão de querosene vazio. Tem álcool e fósforos na cozinha. Tome cuidado pra não se queimar.

Wanderlei até se arrepiou: era agora ou nunca.

Pegou a maçaroca de papéis que o velho havia separado e dirigiu-se ao quintal. Roque foi atrás. Jogou a papelama dentro do latão e foi à procura do álcool e dos fósforos. Roque, firme, montava guarda ao latão.

"Com ele aí, nada feito", pensou o garoto. "Que azar." Se era para o Roque ficar ali grudado, porque não queimava os papéis ele mesmo?

Mas a sorte ajudou. Um dos homens apareceu na porta e o Roque teve de ir abrir. Entraram na sala e logo o menino ouviu vozes alteradas.

Mais que depressa, aproveitando que o caseiro continuava entretido com as plantas, pegou meia dúzia de papéis e escondeu na camiseta. No resto botou fogo como o patrão mandara.

Enquanto os papéis queimavam, foi ao banheiro dos fundos, tirou os papéis da camiseta e, dobrando-os bem, escondeu-os novamente no seu esconderijo predileto: o tênis do pé direito.

Deu a descarga para despistar. Lavou bem as mãos, que recendiam a álcool, e saiu ligeiro. O fogo praticamente já destruíra os papéis. Roque apareceu na porta da cozinha.

— Tudo queimado, seu Roque — apressou-se a dizer o menino. O outro assentiu com um movimento de cabeça.

O perigo ronda a turma

Logo mais, o velho mandou:
— Vá pra casa, Wanderlei!
— Ué, seu João, o senhor disse que havia muito serviço hoje.
— Mudei de planos. Volte amanhã bem cedo.
— Como o senhor quiser.

Wanderlei disparou para o campinho. Puxa, aquele estava sendo o seu dia de sorte.

Procurou pela turma. Não havia no campinho nenhum dos quatro envolvidos com ele na tal história. Engraçado, o Zarolho pelo menos devia estar por perto, era a hora de eles irem buscar a correspondência do velho.

— O Zarolho não apareceu por aqui hoje? — perguntou ao Farofa, que treinava por ali.
— Não vi não — disse o garoto.

"Será que ele pegou antes no emprego?", pensou o Wanderlei. Mas na noite anterior tinham estado juntos na represa e o amigo não falara nada.

Resolveu passar pela casa do Zarolho. Tocou a campainha, cansou de tocar. O pai do garoto saía ainda com a luz da rua acesa, trabalhava de carpinteiro numa construção, levava marmita, pegava quatro conduções por dia. A mãe saía mais tarde, era cozinheira de uma mansão no Jardim América e começava às oito. A irmã, manicure de um salão na zona sul, também tinha o mesmo horário.

Será que o Zarolho ainda estava dormindo? Tocou tanto a campainha que a vizinha saiu na janela:

— Tem ninguém. Saíram todos.

— Tô procurando o Zarolho. Ele já acordou?

— Acho que nem dormiu em casa. Houve um falatório nessa casa, de madrugada... até acordei assustada, pensei que tinha morrido gente.

— Como não dormiu? Nós voltamos juntos do seu Takashi.

— Ouvi o pai dele dizer que se ele não aparecesse até a noite ia dar parte pra polícia.

Wanderlei até engoliu em seco.

— Tá sentindo alguma coisa, menino? — perguntou a vizinha, vendo-o pálido.

— Nada, não, obrigado.

Correu a vila inteira à procura do Zarolho; nada. Bateu na casa do Camaleão: este jurou de pés juntos que vira o Zarolho voltar pra casa, na noite anterior. Ambos foram em busca do Pedro e do Jaime e fizeram uma reunião de emergência embaixo da seringueira, lá no campinho.

— Não tem sentido — falava o Jaime. — Por que então não sumiram comigo? Tinham tudo pra desconfiar de mim, eu estava horrível com aquela peruca ruiva espetada, parecia um espantalho.

— Espere aí — interrompeu o Pedro. — A gente não tem certeza se o Zarolho sumiu mesmo.

— E o rebuliço que a vizinha ouviu na casa dele? — respondeu o Wanderlei, desconsolado. — Vocês conhecem bem o seu Benedito. Ele não é de brincadeira. Se falou que ia à polícia, a coisa é séria.

— Puxa vida, o que a gente faz? — O Camaleão vivia brigando com o Zarolho, mas longe do amigo a vida ficava sem graça, sem motivação nenhuma.

— Sei lá. — O Wanderlei coçou a cabeça. — Viram a notícia do jornal?

— Que jornal?

— O mercedes-benz é mesmo do milionário sequestrado.

— Quem será que chamou a polícia?

— Um anônimo telefonou.

— Estamos num beco sem saída — desabafou o Pedro.

— Nossa, com o sumiço do Zarolho até esqueci. — O Wanderlei desamarrou o tênis do pé direito pra curiosidade dos companheiros.

— Pirou, Wanderlei?

— Olhem só o que eu peguei do velho — falou, triunfante, o garoto, exibindo os papéis.

— Tomara que haja um fio dessa meada — gemeu o Camaleão.

— Aqui não é seguro, turma — avisou o Pedro. — Vamos lá pra casa.

Um mar de dúvidas...

A mãe do Pedro era servente na escola e já saíra para o trabalho. O pai, viajante, vinha uma vez por mês visitar a família. Trabalhava no Paraná, lá pelos lados de Londrina.

Os irmãos do Pedro, ou estavam na escola, ou brincando pela vila. E a casa convenientemente vazia para assunto de tal importância.

Wanderlei colocou os papéis sobre a mesa. Os outros se debruçaram sobre os documentos.

— Que é isso? — perguntou o Camaleão.

— Esta parece uma lista de endereços — disse o Wanderlei. — Esperem aí, eu já busquei correspondência nesses lugares.

— Tem certeza?

— Absoluta. Pra falar a verdade, já fui em todos eles.

— Este não é lista não — falou o Jaime, pegando outro papel. — Está cheio de números como se o velho estivesse fazendo cálculos.

— Deixe ver. Parece os cálculos que o meu pai faz no fim do mês, pra saber o lucro dele nas viagens. Só que aqui o negócio é muito alto — assobiou o Pedro.

— Esta é uma nota fiscal — garantiu o Wanderlei. — De venda de flores para a floricultura lá do seu Aparício.

— Será que eu escutei bem? — O Jaime estranhou. — Você disse... flores?

— E uma quantidade incrível. — O garoto estendeu a nota fiscal. — Seu Aparício comprou flores suficientes para forrar o chão aqui da vila. Por que será?

— A floricultura tem filiais?

— Mesmo assim. Flores são entregues diariamente, porque murcham fácil. Ainda mais com esse calorão. Ninguém compra uma quantidade dessas de uma vez, a não ser que vá enfeitar um bairro inteiro. E depois o velho por acaso vende flores?

— Aí tem coisa — disse o Camaleão.

— Que tem coisa a gente tá cansado de saber, Camaleão — interrompeu o Pedro. — O difícil é saber que coisa é essa.

Nesse instante bateram na porta.

— Quem será? — Sobressaltaram-se.

O Pedro, dono da casa, foi olhar pela janela.

— É a dona Arminda.

A mãe do Zarolho vinha aflita.

— Pedi folga no emprego. Quem tem cabeça pra trabalhar com o filho sumido? Vocês não viram mesmo o Zarolho?

— Como a senhora soube que a gente estava aqui? — estranhou o Pedro.

— O Farofa me disse.

— Sente um pouco, dona Arminda. — O Pedro foi buscar a garrafa térmica, que a mãe sempre deixava cheia de café.

— Um rapaz tão comportado, ele nunca fez isso. Será que foi assaltado?

— Eu vi ele entrar em casa ontem à noite — garantiu o Camaleão.

Dona Arminda parou com a xícara no ar:

— Tem certeza?

— Claro, nós voltamos juntos da represa. Ele ainda me deu um soco nas costas, dizendo: "Bem cedo, no campinho, companheiro!"

— Que horas foi isso? Acho que fui uma das únicas da vila que não foi à represa. Estava pregada. Dormi cedo e tenho o sono pesado. Acordei de madrugada, com o Benedito falando que o Zarolho não dormiu em casa.

— Que horas o seu Benedito acordou a senhora? — quis saber o Wanderlei.

— Às quatro e meia, quando ele levanta pra fazer a marmita.

— Então foi isso que a sua vizinha ouviu. Ela até pensou que alguém estivesse doente.

— As paredes são muito finas. E as casas são geminadas. Um escuta o que se passa na casa do outro.

— Eu deixei ele na porta mais de meia-noite — disse o Camaleão. — Eu sei, porque perguntei as horas quando saí lá da represa, pro Juca pipoqueiro.

— Olhe, dona Arminda, fique tranquila. O Zarolho sabe se defender. Nunca ninguém mexeu com ele na vila.

— Por isso mesmo é que estou apavorada. — Dona Arminda enxugou os olhos. — Deve ser coisa muito grave.

Pediu aos garotos que se tivessem qualquer notícia a avisassem. E confirmou que seu Benedito, logo mais à noite, iria à polícia.

Começando a destrinchar o mistério...

Quando dona Arminda saiu, continuaram a olhar os papéis.

— O que significam esses números? — perguntou o Camaleão, apontando um dos papéis.

O Wanderlei olhou e ficou na mesma.

— Sei lá. Vai ver é um código.

— Que bacana! — gritou o Pedro. — Acho que eles têm senha pra entrar e sair da casa amarela.

— Você está vendo filme policial demais na televisão — riu o Jaime. — Que código o quê! Tenho pensado muito no que eu ouvi lá na casa do velho. E isso tá me cheirando outra coisa...

— Que coisa, seu?

— Estão vendo esses números? — continuou o rapaz. — Repararam que vão até 25, fora as combinações?

— Daí?

— Daí que eles correspondem a bichos...

— Você está querendo dizer... — O Camaleão arregalou os olhos.

— Isso mesmo, companheiro, pra mim eles são bicheiros, por isso aqueles telefones todos e as listas. Só ainda não sei o que o Wanderlei ia buscar, quer dizer, não sei com certeza, né?

— As apostas! — gritou o Wanderlei, um frio correndo pela barriga. — Ai, se a mãe sabe disso, ela me descasca.

— Muito mais que isso — disse o Jaime, pensativo. — Tem muito movimento naquela casa. Esse velho deve ser um banqueiro muito forte.

— Quer falar claro, companheiro? — pediu o Pedro.

— O negócio deve funcionar mais ou menos assim — explicou ao Pedro. — Os endereços onde o Wanderlei apanha correspondência são, na realidade, os pontos de bicho, isto é, os locais das apostas. Como ficam muito altas, esses bicheiros fazem a transferência para um banqueiro maior: descarregam as apostas no velho. E o Wanderlei trazia todo esse tempo uma grana violenta na tal pasta.

— Tá louco, Jaime.

— Tô não, Wanderlei. Tudo se encaixa.

— Ué! — admirou-se o Pedro. — Onde é que você aprendeu isso, Jaime? Parece até bicheiro, seu.

— Vivo por aí, companheiro, espiando e ouvindo a vida. Já vi muita gente fazendo uma fezinha, até minha mãe arrisca de vez em quando e eu levo a aposta dela aqui no bairro. Tudo coisa miúda, né? Por isso que eu digo que o velho é uma fortaleza, pra trabalhar com toda essa equipe.

— Filho da mãe! — gritou o Wanderlei. — Ainda o Zarolho perguntou praquele velho safado se era serviço honesto. Já imaginaram se a polícia me pega com toda essa grana na mão?

— Já, camaradinha — gemeu o Camaleão, empalidecendo.

— Eles me pagam — garantiu o Wanderlei. — Agora mesmo é que eu entrego essa quadrilha toda pra polícia.

— Mas ainda tem o mistério do quarto fechado, do tal cachorro enterrado, sem falar no carro do milionário achado na chácara do seu Takashi — falou o Pedro de um jato só.

— Esqueceu do coitado do Zarolho? — disse o Camaleão. — O pior é o sumiço dele. Será que foi o velho quem mandou raptar ele, gente?

— Se foi o velho, ele descobriu meu disfarce. — O Jaime engoliu em seco.

— Mas por que o Zarolho? Era muito mais razoável me pegar primeiro, que trabalho lá na casa. Ele ainda me mandou queimar os papéis, deixou tudo na minha mão. Não tem sentido.

— Tem não — concordou o Pedro.

— O que a gente faz? — perguntou o Camaleão.

Wanderlei ficou muito sério:

— Turma, temos de impedir que seu Benedito vá à polícia. Se a polícia entrar agora na jogada, a corda vai arrebentar pro lado mais fraco que sou eu e, além do mais, eles vão ficar ariscos e sumir de vista, e adeus mistério. E não me chamo Wanderlei se não pegar essa turma inteira.

— Mas se ele não chamar a polícia eles podem matar o Zarolho — falou, tenebroso, o Pedro.

— Minha nossa! — O Camaleão fungou violentamente. — A gente tá num mato sem cachorro.

— De qualquer jeito vamos tentar — insistiu o Wanderlei. — Levo minha mãe pra dar força.

Combinaram o encontro na casa do Zarolho, para depois do jantar. Seu Benedito fazia hora extra e chegava tarde.

O Wanderlei entrou em casa feito um furacão.

— Mãe, a senhora vai junto!

— Junto, onde?

— Na casa do Zarolho, mãe.

— Ué, pra quê? Tem festa?

— Raptaram ele, mãe.

Dona Malvina ficou até sem fala.

Ciladas acontecem

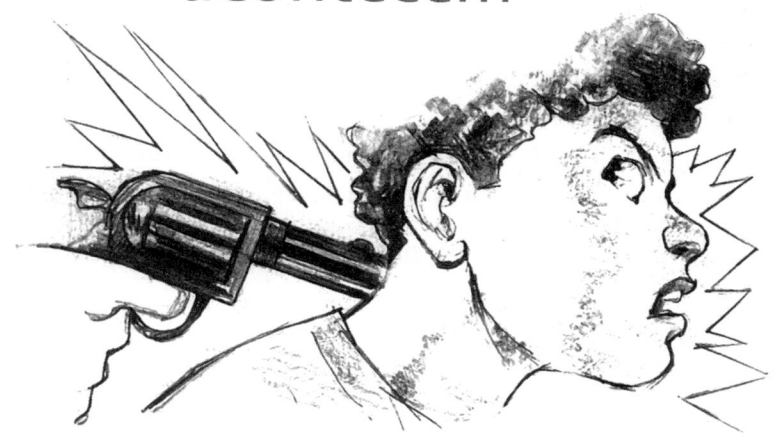

Pela décima vez, o Zarolho tentou desapertar as cordas que o prendiam. Impossível. Estava preso pra valer, fora um trabalho de mestre. Sua esperança era se soltar e, quando alguém entrasse no quarto, tentar fugir.

Não tinha a menor ideia de onde estava.

A noite passada ele chegara da represa com o Camaleão, combinando o encontro no campinho para a manhã seguinte.

A mãe dormia profundamente, o pai e a irmã ainda não tinham voltado, o pai apoiando a irmã, que puxava um pouco da perna, resultado de uma paralisia infantil.

Nem bem entrara em casa e comia alguma coisa na cozinha, ouviu chamarem seu nome. Abriu a porta, deu com o Farofa:

— Depressa, Zarolho, pegaram o Wanderlei.

— Quem, onde? — perguntara aflito.

— Descobriram que ele botou o Jaime de faxineira lá na casa amarela pra espiar os homens.

— Como é que você sabe disso, Farofa?

— Pareço bobo mas não sou, não — dissera o menino. — Estou por dentro dessa história. Vi vocês disfarçando o Jaime lá no campinho e depois o Wanderlei levar ele pra casa amarela. E mais tarde flagrei o Jaime saindo de lá e indo mudar a roupa.

— A gente se enganou mesmo com você!

— Agora quando eu vi eles pegarem o Wanderlei, pensei: "Tá ruço pro Wanderlei, porque descobriram que ele botou o Jaime lá dentro..."

— Pra onde levaram o Wanderlei?

— Venha que eu mostro.

Zarolho nem discutira. Saíra correndo atrás do Farofa. Ele ajudara o Wanderlei a entrar naquela encrenca, ele o tiraria dela. Não dava nem tempo de pedir ajuda.

Pediu pro Farofa:

— Mostre o lugar e depois vá avisar dona Malvina. Diga pra ela chamar a polícia enquanto vou na frente.

— Deixe comigo — prometeu o garoto, apontando um armazém abandonado que havia no bairro. — Levaram ele lá pra dentro.

Zarolho nem lembrara do Cicatriz, nem dos outros. O impulso mandava-o salvar o amigo. Se acontecesse alguma coisa ao Wanderlei, que ainda por cima era arrimo de família, ele não se perdoaria.

Foi entrando de peito aberto pro que desse e viesse.

Sentiu o cano frio do revólver encostado na nuca.

— Bem-vindo, amigo!

Um homem saiu de dentro do armazém, lanterna na mão:

— O Farofa fez um bom trabalho. Leve ele pro carro!

O do revólver empurrou-o com brutalidade.

O Zarolho tentou pela décima primeira vez desapertar as benditas cordas. Rangeu os dentes:

— Eu acerto as contas com você, Farofa!

Sequestro ou queima de arquivo?

Na casa do Zarolho o ambiente era de desolação. Seu Benedito, firmemente decidido a ir à polícia, fora impedido apenas pela entrada inesperada das visitas: Wanderlei, Jaime, Pedro, Camaleão, acompanhados de dona Malvina.

Dona Arminda tinha os olhos inchados de chorar e a Maria nem fora trabalhar. Ela e o irmão eram muito unidos.

Dona Malvina achou que era de sua obrigação colocar a família do Zarolho a par de toda a situação e contou a história inteira, ou o que ela pensava ser a história inteira.

Seu Benedito, com os nervos à flor da pele, explodiu:

— Mas a senhora, dona Malvina, uma pessoa tão sensata, respeitada aqui na vila, como foi permitir que seu filho trabalhasse naquela casa?

— Eu confio no meu filho e no seu também. O Zarolho me garantiu que não havia perigo e dei um voto de confiança pra eles. É o que o senhor deve fazer agora.

— O que a senhora quer dizer com voto de confiança? — perguntou dona Arminda.

— Acreditar que o Zarolho não apareceu até agora porque não pôde. Vocês precisam dar tempo. Ele é um rapaz esperto.

— Acha que não devemos ir à polícia? — falou a Maria.

— Isso vocês resolvem, é coisa que não posso interferir. Mas será a melhor solução? Eles devem ter raptado o Zarolho com alguma intenção. Resta saber se com a polícia no encalço deles não vamos pôr em perigo a vida do Zarolho.

— Isso não é um simples sequestro — disse o pai. — A gente é pobre, ninguém sequestra filho de pobre e manda bilhete de resgate. A jogada é outra, por isso tenho mais medo. Vou à polícia, gente.

— Posso dar um palpite? — arriscou o Wanderlei.

— Fale.

— Por que eles não raptaram o Jaime, que entrou vestido de mulher na casa pra espionar os homens? Ou eu que trabalho e lido com os tais envelopes? Por que o Zarolho?

— Tem razão — concordou seu Benedito. — Não tem o menor sentido pegarem o nosso filho. Vocês dois estavam mais visados.

— Quem, então? — Dona Arminda cruzou as mãos. Ela já fizera nem sei quantas promessas para o filho aparecer.

— Você tem certeza que o Zarolho entrou aqui em casa? — perguntou a Maria para o Camaleão.

— Certezíssima — garantiu o rapaz.

— Então ele entrou e saiu novamente.

— Atraído por alguma cilada — completou o Pedro, certeiro na mosca.

Todos se viraram para ele.

— Gênio, Pedrinho! O Zarolho entrou em casa antes do seu Benedito e a Maria chegarem, a dona Arminda dormindo. Então alguém o atraiu e raptou.

— Será que a vizinha não ouviu nada? — falou o Jaime. — Ela não perde nada do que se passa aqui.

Era a hora da inteligência mesmo. Wanderlei nem esperou resposta. Saiu correndo e tocou a campainha na casa da vizinha. Voltou de rosto iluminado.

— Gente, ela ouviu voz de criança falando aí na porta com o Zarolho, quando nós voltamos do tanque. E garante que, se ouvir de novo, reconhece.

Uma terrível
ameaça!

— Já vi que vamos ter de bancar os detetives — falou o Jaime. — Fazer a vizinha ouvir todas as crianças da vila até achar o dono da voz.

— O quê? — Dona Malvina caiu na risada sem querer. — Sabe quantas crianças existem aqui na vila? Riqueza de pobre é filho, sabia?

— Isso é — replicou o rapaz, desconsolado. — Mas espere um pouco, a gente tira a criançada miúda que tarde da noite não anda pela rua, né?

— Pega só a molecada do nosso tamanho — completou o Camaleão, disposto a tudo para o Zarolho voltar a encher de novo sua vida de animação, com uma saudável briga de vez em quando.

— Ah, isso é fácil. Nós levamos a dona...

— Odete — completou dona Arminda.

— A dona Odete lá no campinho.

— Diz que ela é olheira de um time de futebol — sugeriu o Jaime.

— Pois tenho ideia muito melhor — falou o Pedro. — O Jorge não é filho dela?

— Quem, aquele que a gente apelidou de Masquinha, porque vive de chiclete na boca?

— Esse mesmo. Anda louco pra entrar no nosso time. A gente põe ele no jogo e convida a mãe pra assistir. Daí não chama a atenção, né?

— Mas o Masquinha... — ainda tentou impedir o Wanderlei.

— Eu sei, ele é ruim de bola, mas que remédio, a situação exige, né, Wanderlei?

— Tá bom. Se não fosse uma emergência, o Masquinha nunca pisaria no time, podia cansar de rodear o campinho.

Mas o Masquinha tinha uma estrela chamada Odete, mãe muito xereta, que era a chave do mistério do sumiço do Zarolho.

— Ele até que é legal — arriscou o Camaleão.

— Que mancada, cara — riu o Jaime, vendo o olhar furioso do Wanderlei para o outro.

— O que eu disse demais?

— Nada, Camaleão, nada — falou, ríspido, o Wanderlei. — Você é fã do Masquinha, convide ele amanhã pra jogar futebol lá no campinho.

— Vocês estão muito sossegados com essa história — interrompeu seu Benedito. — Meu filho sumiu, lembram?

— E a gente está tentando achar o fio da meada — justificou o Jaime. — É assim que a polícia faz.

— Por falar em polícia, é pra lá que eu vou agora mesmo — disse o pai do Zarolho. — Vocês me dão licença.

Levantou e apanhou o casaco.

— Vai mesmo, seu Benedito?

— Vou, dona Malvina. Se acontecer alguma coisa ao meu filho, eu não vou me perdoar de não ter tomado providência.

— Eu vou junto — falou dona Arminda.

— Desculpe, gente, mas eu também vou — disse a Maria.

— Já estamos de saída. — Dona Malvina deu sinal com a cabeça para os garotos levantarem.

Nesse instante, alguém enfiou um papel por baixo da porta.

Seu Benedito abriu a porta, mas a noite estava muito escura, não viu ninguém.

Pegou o papel e leu:

— O que foi, Benedito, você está pálido! — Dona Arminda amparou o marido e o fez sentar numa cadeira.

— Maria, traga álcool canforado para ele cheirar!

Wanderlei apanhou o bilhete que seu Benedito deixara cair. Leu em voz alta:

"Se quiser ver seu filho de novo, bico calado. Caso contrário, ele morre. Um amigo."

A ajuda vem de onde menos se espera

Quanto tempo ficou ali, tentando se libertar, ele nem saberia dizer. Horas, talvez. Tudo em vão. Quem fizera aqueles nós sabia o que estava fazendo. Eram nós de marinheiro.

Onde estaria? Olhou à sua volta como já fizera centenas de vezes durante o tempo em que estava preso. Apenas um quarto comum, pintado de branco, pintura lascada e suja, mesinha em frente à cadeira. Uma luz sempre acesa pendia do teto.

— Deve estar um rebuliço lá na vila! — pensou o Zarolho. — Será que eles já foram à polícia?

A ele só restava uma coisa. Esperar oportunidade para escapar e avisar os companheiros de que corriam perigo.

Só não entendia por que o raptado fora ele. E o Farofa, o que tinha com tudo isso? Se o velho descobrira tudo sobre o Jaime, porque não pegara o próprio? Ou mesmo o Wanderlei?

Por outro lado, o carro achado na represa, de quem seria? A essa altura, os jornais já teriam noticiado, e os companheiros estariam bem mais informados que ele.

Um ruído seco na fechadura pôs o Zarolho de sobreaviso. Um homem entrou com uma bandeja, onde se viam um sanduíche e um refrigerante.

— Tá no bem-bom, hein, companheiro? — sorriu o homem.

— Quem é você? Onde estou?

O homem ignorou as perguntas.

— Rapaz, vou te soltar pra comer, ordens do patrão. Por mim, deixava como está.

— Estou com fome, por favor.

— Tome jeito, hein? A primeira gracinha, eu arrebento você.

Soltou o braço direito do Zarolho, empurrou a cadeira para perto da mesa. O garoto, com fome, devorou o lanche. Nem bem tomara o refrigerante e engolira o último bocado, o desconhecido tornou a amarrá-lo.

— Onde estou? — repetiu o Zarolho.

— Num hotelzinho de primeira — gozou o homem, fechando a porta por fora.

— Raios!

Perdera uma oportunidade única. Mas o homem não dera a menor chance, colado a ele. Depois a fome era incrível, precisava se fortalecer para tentar fugir.

Tentou dormir um pouco, não tinha a menor noção de quanto tempo se passara. Aquele quarto branco, a janela fechada, a luz sempre acesa. Os braços, dormentes, cruzados atrás da cadeira.

Pensou nos pais, na irmã tão amorosa com ele. Deviam estar desesperados à sua procura. E o Wanderlei e o resto da turma igualmente aflitos, coitados.

Quando o homem voltasse, tentaria escapar. O homem era forte como um touro, mas precisava tentar, o diabo eram as pernas amarradas, como usar a capoeira?

Adormeceu de puro cansaço. Nem ouviu a porta abrir às suas costas. Acordou, com alguém o desamarrando. Assustado, olhou para trás.

— Quieto! — falou o homem, enérgico.

— Estou reconhecendo você... é o caseiro lá da casa amarela.

O outro sorriu:

— Sem perguntas por enquanto, rapaz, me acompanhe, rápido.

Seguiu o homem pelo corredor, a casa era velha e sem móveis, parecia abandonada, uma sujeira incrível por toda parte. Um automóvel esperava em frente da casa.

— Pra onde vamos?

O homem deu partida, cantando os pneus.

Bate o desespero na turma

— Pelo amor de Deus, mulher, pare de chorar! — gemeu seu Benedito, ele próprio debulhado em lágrimas, enquanto a Maria, cabeça debruçada na mesa, soluçava baixinho, desconsoladamente.

— Vamos ter calma, gente — pediu dona Malvina. — Precisamos usar a cabeça. Agora quem acha melhor ir à polícia mesmo sou eu. E o mais depressa possível.

— De jeito nenhum. — Seu Benedito parou de chorar. — A senhora não leu o bilhete? Eles matam o Zarolho.

— Desculpe insistir, mas o senhor mesmo disse que isso não é um sequestro comum porque aqui todo mundo é pobre. Então só pode significar uma coisa. O Zarolho foi testemunha de algo errado e eles querem ele escondido e talvez...

— Pode falar, dona Malvina — gritou a Maria, soluçando —, a senhora ia dizer morto, não é?

— Mãe — interrompeu o Wanderlei —, a senhora ainda não sabe o resto da história...

— Que resto, Wanderlei?

— Conte pra ela, Jaime.

O Jaime gaguejou, mas contou a descoberta que eles haviam feito nos tais papéis.

Dona Malvina ficou pálida, depois roxa.

— Eu não disse que não queria você trabalhando naquela casa desde o começo? Quando é que você descobriu isso?

— Foi só hoje, mãe, juro, é direitinho como o Jaime contou. Eu não sabia o que havia dentro daquela pasta, mãe, a senhora sabe disso.

— Mais um motivo pra não irmos à polícia — interveio seu Benedito. — Seu filho está muito encrencado, dona Malvina. Vai ser muito difícil ele provar que está inocente nessa história.

Foi a vez de a dona Malvina cair na choradeira.

— Não chore, mãe — pedia o Wanderlei, desesperado.

E como chorar, comer e coçar é só começar, a coisa pegou. Chorava seu Benedito, chorava a dona Arminda, a Maria, a dona Malvina, choravam os garotos... Foi uma choradeira tão completa que a dona Odete abriu a porta e apareceu de lenço na mão:

— Quem morreu? Posso chorar junto?

A cena foi tão cômica que sem querer todos pararam de chorar, olhando a vizinha.

— Eu disse alguma bobagem? — perguntou ela, meio desapontada.

— Não disse não. — Seu Benedito se levantou e ofereceu uma cadeira à vizinha. — Sente, dona Odete, nós estamos chorando por causa do sumiço do Zarolho.

Dona Odete não se fez de rogada. Ela adorava participar dos problemas da vizinhança. Era para rir, contassem com ela. Para chorar, idem. Para gritar ou brigar, a mesma coisa. Até parecia a Maria Sá em ponto menor.

— O senhor não vai à polícia? — quis saber ela.

— Vou dar mais tempo para o menino — respondeu seu Benedito, cauteloso.

— Mais? — estranhou a vizinha. — Ele já sumiu há 24 horas.

— Teve seus motivos, né, dona Odete? — interferiu dona Arminda.

— Vou passar um cafezinho pra animar a gente — ofereceu a Maria.

— Eu ajudo você. — Dona Malvina levantou-se, enxugando os olhos.

— Um rapaz tão bom, tão prestativo — lamentava-se dona Odete. — Sempre me ajudava com a cesta quando eu subia a ladeira, depois da feira...

Dona Arminda não aguentou e abriu o berreiro de novo.

Foi então que ouviram uma pancada surda lá fora, como a porta de um carro fechando abruptamente.

A porta da casa foi aberta de supetão e por uns instantes todos ficaram sem fala.

O sumido retorna

Dona Arminda, precipitando-se, gritou:
— Deus seja louvado!
Todos cercaram o recém-chegado. Dona Malvina e a Maria vieram correndo da cozinha. Maria atirou-se nos braços do irmão.
— Sossegue, gente, agora está tudo bem — disse o Zarolho, sorridente.
— Sente, filho. — Seu Benedito puxou o filho. — O que foi que aconteceu? Nós estávamos quase mortos de desespero, ainda mais com esse bilhete, veja...
Zarolho olhou e ficou mais vesgo ainda de raiva.
— Eu acerto conta com eles, começando pelo Farofa.
— Quer dizer que foi o Farofa quem atraiu você pra cilada?
— Ué, como vocês descobriram?
— Eu ouvi voz de menino falando com você de madrugada — falou, toda importante, a dona Odete. — Só não sabia que era o tal Farofa.
— O Masquinha que espere sentado... — soltou, sem querer, o Wanderlei.

— O que ele vai esperar sentado? — estranhou a vizinha.

— Nada, não, dona Odete, foi só uma ideia que passou na minha cabeça, a gente adora o Masquinha, né, Camaleão?

— Claro... Adora? — O Camaleão arregalou os olhos, espantado. — Você disse que...

— Que eu adoro o Masquinha — completou rápido o Wanderlei. Santa sorte. Não precisavam mais aguentar aquele boboca no time do campinho.

— Por que o Farofa fez uma coisa dessas? — perguntou a Maria, espantada.

— Só pode ser pra se vingar de mim e do Wanderlei, que não deixamos ele jogar no gol — falou o Zarolho.

— Uma tolice dessas? Só por isso atrair um companheiro pra uma cilada? — Seu Benedito não se conformava. — Isso não se faz, gente.

— O Farofa é mau-caráter, seu Benedito — falou o Jaime.

— Eu pego ele de jeito — prometeu o Zarolho.

— Pegue, não, filho — pediu dona Arminda. — A mãe dele é uma mulher boa e trabalhadeira, dá um duro sozinha. Deixe pra lá...

— Tá bom, mãe, mas ele não pode crescer assim, entregando os amigos, isso é muito feio.

— Eu falo com a Helena — prometeu dona Arminda. — Explico que o filho está indo por mau caminho, deixe comigo.

O Zarolho concordou de má vontade. O sangue ainda lhe fervia nas veias.

— Mas você ainda não explicou o que aconteceu — insistiu o pai, abraçando o garoto.

— O Farofa me atraiu para uma cilada lá no armazém abandonado. Disse que o Wanderlei estava em perigo e eu não pensei em mais nada. Daí dois homens me levaram pra uma casa longe daqui. E hoje o caseiro do velho foi até lá, me soltou e trouxe de volta.

— O caseiro, o seu José? — perguntou, espantado, o Wanderlei.

— Ele mesmo. Só que ele não é caseiro coisa nenhuma. Dou um doce pra quem descobrir o que ele é...

Muitas coisas se esclarecem...

Foi então que deu um ataque de inteligência fulminante no Camaleão e ele falou assim, simplesmente:

— O seu José é da polícia!

— Nossa, Camaleão! — disse o Zarolho, espantado. — Eu que pensei que você só tinha tamanho e cabelo...

— Veja lá, veja lá... — resmungou o Camaleão sem saber se agradecia o elogio ou partia pra briga.

— Verdade, filho? — admirou-se seu Benedito. — Esse policial confiou em você?

— Ele me disse que confiava em mim porque eu era leal com um amigo e por isso não ia dar com a língua nos dentes — falou o Zarolho.

— Estou orgulhosa de você, filho — disse dona Arminda.

— Eu também. — Dona Malvina abraçou o Zarolho.

— Que nada, a gente é irmão de sangue, né, Wanderlei?

— Claro, eu faria o mesmo por você.

— O que mais ele contou? — perguntou a Maria, interpretando a curiosidade de todos.

— Olhe que nós já sabemos uma porção de coisas, Zarolho — completou o Jaime, importante.
— Muito bem; o que vocês sabem? Que eles são...
— Bicheiros! — gritaram os garotos a uma só voz.
— E o boboca aqui é que trazia as apostas e a grana — desabafou o Wanderlei.
— Bote boboca nessa história — falou o Zarolho. — Eu ia junto, lembra?
— Agora a conversa que eu ouvi faz sentido direitinho — disse o Jaime, querendo levar também alguma glória.
— Sabem o que me veio na cabeça? — A Maria parecia assustada. — Quem mandou o bilhete ainda não sabe que o Zarolho foi solto e pensa que ele está preso.
— É mesmo. Até esqueci disso — concordou o irmão.
— Mas a essa altura já descobriram — interrompeu seu Benedito, preocupado.
— E devem estar furiosos sem saber quem soltou o Zarolho — completou dona Malvina. — O falso caseiro já voltou ao serviço e provavelmente nem deram pela falta dele.
— E o tal cachorro que ele enterrou no quintal? Você perguntou se era verdade? — lembrou o Jaime.
— Foi a primeira coisa que eu perguntei, eu lá sou otário? Não foi cachorro mesmo.
— Eu sabia! — O Pedro começou a roer as unhas. — A gente não tirou os olhos da casa amarela. E não morreu cachorro nenhum atropelado em frente ao campinho.
— O diabo é que nem ele sabe o que está enterrado lá no quintal — falou o Zarolho, meio sem graça.
— Eu bem desconfiei que essa história era furada — desabafou o Wanderlei.
— Ele me confessou que foi a folga dele aquela noite. Quando voltou de manhã, o canteiro estava todo remexido, como se tivessem enterrado alguma coisa.
— Ou alguém — completou o Jaime.
— Espere aí. Alguém lembra que horas eram quando eu levei o Faísca pra passear no campinho?

— Logo cedinho, quando você entrou em serviço. Umas sete horas.

— E como é que o Faísca só latiu e escavou o tal canteiro quando nós voltamos do passeio? Ele teve a noite inteira pra isso.

— Como foi que você encontrou o Faísca quando chegou ao serviço, solto ou preso? — quis saber o Zarolho.

— Espere aí... ele estava preso na coleira no jardim da frente da casa, lembro que até estranhei.

— Está explicado. Enquanto seu José estava de folga, eles prenderam o Faísca e enterraram a coisa. Por isso o velho pediu pra você levar o cachorro pra passear.

— Ele disse que o Faísca estava muito nervoso aquele dia.

— Pudera — concluiu o Zarolho. — Ele ficou preso a noite inteira.

...mas ainda há outras coisas misteriosas

— Resta uma dúvida — falou dona Malvina. — Por que prenderam o Zarolho em vez do Wanderlei? Afinal o portador contratado era ele.

— Restam muitas dúvidas — apoiou dona Arminda. — Jogo de bicho já é proibido. E se realmente tiver gente enterrada lá no canteiro a coisa muda e muito.

— A coisa já mudou muito, Arminda — interrompeu seu Benedito. — Não esqueça que nosso filho foi sequestrado e isso é crime hediondo.

— Tem razão. O policial aconselhou alguma coisa?

— Pediu pra ninguém dar queixa por enquanto — esclareceu o Zarolho — pra não levantar suspeita e eles perderem a quadrilha. Depois que eles forem presos, aí, sim, nós denunciamos o meu rapto.

— Mas eles não vão desconfiar da sua fuga? — falou a irmã. — Amarrado como você disse que estava...

— Seu José é esperto — riu o garoto. — Ele preparou tudo. Quebrou copo, espalhou sangue de galinha pra fazer de conta que me livrei sozinho, mas saí machucado.

— Misericórdia, que cabeça! — Dona Arminda olhou sem querer para os pulsos do filho, temendo vê-los cortados.
— Muito bem, em que pé ficamos? — perguntou o Jaime.
— Pé, que pé? — quis saber o Camaleão, retornando à bobeira.
— Em que ponto estamos, o que a gente sabe, entendeu?
— Agora sim.
— Estamos bem no meio do novelo — disse o Zarolho. — Já sabemos que o velho é bicheiro e possivelmente dos grandes, em quem os outros descarregam as apostas. Que seu José é um policial disfarçado de caseiro e alguém lá da casa do velho, ou ele próprio, me queria fora de circulação.
— Mas *não* sabemos quem ou o que está enterrado no canteiro, quem gemia no quarto fechado, e por que o carro do banqueiro sequestrado veio parar na chácara do seu Takashi — completou o Wanderlei.
— Esqueceram uma coisa — interrompeu o Pedro. — Também não sabemos por que o seu Aparício comprava tanta flor de uma vez só.
— Então o mercedes era mesmo do banqueiro sumido? — perguntou o Zarolho. — Bem que eu desconfiava. Mas que flor é essa?
— No meio da papelada que eu tirei da casa do velho estava uma nota fiscal referente a uma compra imensa de flores pelo seu Aparício — concluiu o Wanderlei, depois de contar a história dos papéis para o Zarolho.
— Esquisito mesmo.
— Só se for uma nota fria — falou a Maria.
— O que você entende disso, filha? — estranhou o pai.
— Lembra daquela firma em que trabalhei antes, pai? Que depois levou uma multa enorme? Eles lesavam o Imposto de Renda dessa forma, forjando notas frias de compra de material.
— Mesmo assim, por que essa nota fria estaria com o seu João?
— Pois o seu Aparício não é um banqueiro do jogo de bicho que descarrega as apostas com o velho, um banqueiro maior? Vai ver descarrega também o Imposto de Renda, ué — falou o Pedro.
— O garoto tem razão. Deve ser malandragem desse tipo — concordou seu Benedito.

— "Serviço honesto" — chiou o Zarolho. — Mas eles estão no papo da polícia. Quero ver todos atrás das grades, só pra aprenderem a não enganar moleque necessitado.

— Se a gente pudesse dar uma olhada naquele canteiro... — falou o Wanderlei, pensativo.

— Ué, o que impede? — perguntou o Camaleão.

— Tá ficando corajoso, hein, "meurmão"? — riu o Jaime. — Inteligente e corajoso, que é, tomou banho de lua?

— Quem impede? — repetiu o Wanderlei.

— Eu impeço, moleque! — gritou dona Malvina. — Se você tentar, eu descasco você...

— Então comece, mãe — disse o menino, decidido. — Não me chamo Wanderlei se não descobrir o que está enterrado naquele canteiro.

Enfrentando o perigo

— Tô com medo, gente — murmurou o Camaleão, meio pálido sob a luz do poste.

O ataque de valentia passava rápido.

— Tá todo mundo com medo, seu — disse o Jaime, fazendo de conta que não estava apavorado.

— Se minha mãe sabe disso... — gemeu o Pedro.

— Eles não vão contar, não, fique sossegado.

— Será que vai dar certo? — gemeu o Camaleão, sentindo uma dor de barriga inesperada e violenta.

— Quer negar fogo, justo agora? — falou o Wanderlei, áspero. — Como é, vai ou fica? E tire essa mão da barriga.

— Tá doendo... eu vou...

— Então vamos de uma vez enquanto a coragem não some — pediu o Jaime. Mil vezes apitar o jogo no campinho.

— O bom do medo é enfrentar ele — garantiu o Wanderlei. — A gente enfrenta o bicho e depois fica uma sensação gostosa.

— Gostosa coisa nenhuma — resmungou o Camaleão, apertando a barriga.

— S'imbora, turma.

Andaram na madrugada fria, bem juntos para garantir qualquer inesperado assalto. Ali era vila de gente boa e trabalhadeira, mas malandro sempre havia, rondando à noite.

— Trouxe a lanterna?

— Trouxe; fale baixo.

Chegaram ao campinho. Mal se via a casa amarela envolta em trevas. Nem sinal do Faísca.

— Cachorro dorme de noite? — quis saber o Camaleão, a dor de barriga aumentando.

— Dormir, dorme, mas acorda com o menor barulho — disse o Jaime.

— Escute aqui — falou o Zarolho, de repente. — Será que os homens dormem aí na casa? A gente nem sabe...

— Pois vamos descobrir agora — garantiu o Wanderlei, dando início ao plano e atirando uma pedra na vidraça da sala.

O som de vidro partido retiniu na noite silenciosa; quase simultaneamente o Faísca se pôs a latir, desesperado, apenas uma sombra negra em meio à noite.

Uma luz acendeu lá dentro da casa e o vulto de um homem aflorou no jardim, gritando:

— Pegue, pegue!

O cão corria feito louco pelo jardim, e o homem sem mais delongas deu dois tiros para o ar.

— Ele tá armado — gemeu o Camaleão. — Vou dar o fora daqui.

O Wanderlei deu um cutucão no companheiro:

— Faça a sua parte, ande.

— Pelo amor de Deus, moço, estou ferido, preciso de ajuda, socorro! — começou a gritar o Camaleão, muito convincente, pois a dor de barriga crescera em nível insuportável.

— Quem está aí? — falou uma voz de homem.

— Fui assaltado, moço, estou morrendo, pelo amor de Deus, me socorra...

— Vá pedir ajuda noutra freguesia, dê o fora — gritou o homem, enquanto o cão latia, desorientado, saltando sobre o portão da casa.

— Deixe ao menos telefonar pedindo ajuda — insistia o Camaleão.
— Dê o fora, dê o fora. — O homem fez menção de entrar na casa.
O Faísca agora uivava, impotente.
Foi então que o Camaleão deu o melhor de si:
— Eu vou entrar de qualquer jeito pra telefonar... ai... socorro... esta fera me pegou... socorro... estou morrendo... me acuda...
— Segure, Faísca! — O outro se precipitou curioso.
Nessa hora o Wanderlei apareceu, ordenando:
— Faísca, quieto, Faísca!
O cão, ao farejar o amigo, obedeceu de imediato. O homem ainda tentou recuar, mas era tarde. Tinha se exposto o suficiente. Wanderlei segurou o cão, enquanto o Zarolho aplicava uma valente capoeira que fez o revólver voar para o alto e o dono dele se estatelar no chão.

Uma cova no jardim!?

Pedro iluminou o rosto do homem.
— Nossa, é o Cicatriz! — gritou o Wanderlei. — O danado fala!
Em poucos minutos o Cicatriz, solidamente amarrado, foi levado pra dentro da casa.
— Cadê seu José? — quis saber o Pedro.
— É dia de folga dele. Com ele aqui a gente não podia agir à vontade. Afinal ele precisa manter a lei — disse o Wanderlei, segurando o Faísca firmemente preso pela guia.
— Mãos à obra — comandou o Zarolho.
— Deixe comigo — garantiu o Camaleão. Depois da sua *performance*, a dor de barriga sumira como por encanto.
— Prenda o Faísca, Wanderlei — pediu o Jaime.
Wanderlei levou o cachorro para o quartinho dos fundos, vazio naquela noite, e voltou com três pás que ele achara lá dentro.
Camaleão, as mangas da camisa arregaçadas, pegou uma das pás. Foram todos para o fundo do quintal, onde o Pedro iluminava o canteiro.

— O que será que a gente vai encontrar, hein, pessoal?
— Se a gente soubesse, não precisava cavar, né?
— Cave de uma vez, de boca fechada — ralhou o Zarolho.
— Ajude aqui, gente, pra dar o fora logo daqui.
— Tem que cavar muito?
— Eu que sei?

Cavaram quase uma hora. Serviço duro. Os garotos estavam molhados de suor. Quem rendia mais no serviço, obviamente, era o Camaleão com o corpanzil e a força que a natureza lhe dera. Era bom no trabalho bruto.

— Não aguento mais — resmungou o Zarolho. — Minhas mãos estão cheias de bolhas!
— Eu idem — concordou o Wanderlei. — Eta servicinho danado. Cave um pouco, Jaime.
— Vocês só querem moleza — riu o Camaleão, inteiro.
— Eu não estou sentindo nada — disse o Pedro.
— Pudera, só segurando a lanterna, né, engraçadinho?
— Alguém tem de segurar, não tem? A luz do quintal tá queimada.
— Vamos terminar logo com isso — pediu o Zarolho.

O Jaime cavou firme no lugar do Wanderlei. De repente, o Camaleão parou:
— Bati em alguma coisa.
— Onde?
— Logo aqui.

O Zarolho enfiou a ferramenta no lugar indicado.
— Tem coisa mesmo, parece madeira. Ajude aqui, Jaime.

Trabalharam com ânimo dobrado. O Pedro caprichava com a lanterna.

— Senti também — disse o Jaime. — Parece uma caixa.
— Ou um caixão — falou o Pedro, a respiração presa.

Em poucos minutos aparecia.
— Tire pra fora, Camaleão.
— Credo, botar a mão nisso?
— Wanderlei, arrume uns panos lá no quartinho.

A grande surpresa!

Wanderlei fez melhor. Trouxe um par de luvas grossas de jardineiro.
— Serve?
— Joia. Vá, Camaleão, você é o mais forte.
Camaleão vestiu as luvas, todo importante.
— Deixe que eu tiro.
— Minha nossa, o que será que tem aí dentro?
— Dá pra abrir?
— Ilumine, Pedro, ilumine.
— Precisa uma ferramenta.
— Que nada, com meu canivete, eu abro.
— Conseguiu?
— Pronto. Posso abrir?
— Abra, seja tudo pelo amor de Deus, se prepare, turma.
Prenderam todos a respiração. Um ah de espanto saudou a abertura da coisa.
— Por essa a gente não esperava!
— *Mamma mia*, como diz o meu avô!

— O que nós fazemos agora? Não podemos andar com isso por aí.
— Vamos levar pro seu José, eu tenho o endereço.
— É muito longe. Espere ele voltar amanhã.
— E a gente faz o quê?
— Leva e esconde nalgum lugar, no campinho.
— Que campinho? Lá tem esconderijo? Tem de ser um lugar bem seguro.
— Tá difícil.
— Só existe um lugar seguro aqui na vila — falou o Jaime. — A casa da Maria Sá.
— É mesmo. Só ela pra ter coragem de guardar isso pra gente.
— E não entregar ninguém. Ela é uma rocha.
— Será que ela aceita ajudar a gente?
— A Maria Sá? Ela nunca deixou ninguém na mão.
— Então vamos levar essa coisa pra casa dela.
— Agora?
— Claro. Quer ir amanhã ao meio-dia, "meurmão"?
— Pesa, hein? E é longe.
— A gente carrega todos juntos.
— Que remédio. S'imbora.
— Solte o Faísca, Wanderlei.
— E o Cicatriz? Ele vai entregar a gente, amanhã.
— Que remédio. Eu não vou mais voltar mesmo. A não ser que você queira carregar ele também pra Maria Sá.

Foi uma gargalhada só.

Maria Sá apareceu na janela, esfregando os olhos.

— Que aconteceu? Morreu alguém?
— Não, dona Maria. A gente precisa de ajuda.
— Ué, a essa hora, Wanderlei? Sua mãe sabe disso?
— Sabe e não sabe, dona Maria.
— Que ajuda é essa?
— Podemos entrar?

Maria Sá conhecia o Wanderlei, o Jaime, o Pedro e as respectivas famílias. O Camaleão e o Zarolho só de vista. Mas sabia que eram rapazes direitos, que não andavam em má companhia.

Abriu a porta e mandou-os entrar.

O Wanderlei contou a história inteira. A Maria Sá era da mais alta confiança. Ela por sua vez adorava uma boa complicação. Até falou:

— Puxa, se era pra entrar uma faxineira lá na casa amarela, vocês não precisavam ter tanto trabalho de fantasiar o Jaime. Era só ter me convidado que eu ia na hora.

— Se eu soubesse — gemeu o Jaime.

— Quanto à coisa, esconde naquele tronco oco da figueira atrás do tanque — continuou a Maria Sá. — Ninguém acha não. Mas só por um dia, ouviu? Até quarta-feira quero isso longe daqui.

— Obrigado, dona Maria — agradeceu o Wanderlei. — Eu sabia que podia contar com a senhora.

— Agora me deixem dormir.

No caminho de volta, vieram comentando a amizade leal da Maria Sá. Ela nem tinha discutido se era verdade ou mentira a história toda. Simplesmente acreditara neles.

— Ela não é boba, não. Acreditou porque conhece a gente de sobra. Sabe que nós não fazemos coisa errada.

— Mas que é legal, é.

— Claro. Ela é amiga de verdade.

— Mas deu só um dia. Hoje já é madrugada de terça-feira.

— Esqueceu que o Cicatriz vai abrir o bico logo cedo? — falou o Zarolho. — Nem o Wanderlei e muito menos eu podemos voltar lá. Até quarta-feira tem de estar tudo resolvido mesmo.

— Vamos dormir, gente. Logo cedo temos de dar um jeito de falar com seu José — lembrou o Wanderlei.

— Xi, não vai ser fácil.

A verdadeira história

— A gente se separa aqui — disse o Zarolho. — Cuidado, hein, turma!
— Pode deixar que eu levo o Pedro — garantiu o Camaleão.
— Leve não, não preciso de babá.
— Leve sim — mandou o Zarolho. — Você é pequeno, eu levo o Wanderlei e o Jaime.
Wanderlei entrou em casa, pé ante pé... deitou no sofá.
Dona Malvina apareceu na sala, minutos depois.
— Onde andou, moleque? Sabe que horas são?
— Brigue não, mãe, eu avisei que ia fazer...
— Não me diga...
— A turma foi toda junta: o Camaleão, o Zarolho, o Pedro e o Jaime. Amarramos o Cicatriz, que estava de guarda na casa, prendemos o Faísca e viramos o tal canteiro do avesso.
Dona Malvina sentou, sentindo uma vertigem.
— Você é louco, Wanderlei!
— Tá tudo resolvido, mãe.
— Então acharam o cadáver? — Dona Malvina se benzeu, o estômago enjoado.
— Que cadáver, mãe?

— O do milionário que eles sequestraram, mataram e enterraram no canteiro.

Nem deu tempo de responder. O Zarolho batia e gritava lá fora:
— Abra, Wanderlei, abra!
— Que aconteceu, Zarolho? Vocês nem bem chegaram!
— Desculpe, gente, meu pai sai com a luz da rua ainda acesa, e tem mania de ler jornal antes do trabalho. Vejam só isso.

Wanderlei e a mãe leram a medo. Em letras garrafais a manchete dizia:

PRESA QUADRILHA QUE
SEQUESTROU MILIONÁRIO!

Embaixo, vinha a história.

O milionário havia sido sequestrado pelo seu motorista, que estava em dificuldades financeiras. O carro fora largado na chácara do seu Takashi. O pedido de resgate fora inicialmente de 3 milhões de reais, depois reduzido para quinhentos mil. A polícia, trabalhando em sigilo, com o apoio da família, armara uma cilada. No momento em que recebia a quantia estipulada, o motorista foi preso, e o milionário libertado, são e salvo.

— Então o velho e sua turma não tinham nada a ver com o tal milionário! — Dona Malvina até sentou.
— Isso a gente já desconfiava, né, Zarolho? — falou Wanderlei.
— Ficou praticamente claro hoje, quando desenterramos a coisa — concordou o amigo.
— Então de quem é o cadáver que vocês tiraram do canteiro? — quis saber dona Malvina, assombrada.
— Que cadáver, mãe? — riu o Wanderlei.
— Ela ainda não sabe? — perguntou o Zarolho.
— Não deu tempo de contar, você chegou antes.
— Pelo amor de Deus! — gemeu dona Malvina. — Vocês querem me matar de aflição? O que foi que vocês desenterraram daquele canteiro?
— Quer saber mesmo, mãe? Foi uma caixa cheia, até a boca, de dinheiro!

Hora do xeque-mate

Tiveram de dar até água com açúcar para dona Malvina. Pudera. Assim também já era demais.

— Voltamos à estaca zero — disse a certa altura o Wanderlei. — De quem eram os gemidos do quarto?

— Que estaca zero, companheiro — interrompeu o Zarolho. — Esse dinheiro enterrado só tem uma explicação.

— Qual?

— O velho não guardava dinheiro em banco, guardava no baú como tem gente que guarda em colchão...

— Em barra de cortina, em forro de sofá — completou dona Malvina.

— Era muito mais prático que ele enterrasse o dinheiro — continuou o Zarolho. — Não precisava ter conta em banco, e se fosse preciso era só desenterrar a grana e sumir com ela. Além de não ter problemas com o Imposto de Renda, pois o que eles fazem é ilegal.

— E daí?

— Daí que é a prova que seu José precisava pra prender o velho e os outros. Além do nosso testemunho, claro.

— Mas a gente nunca abriu a correspondência...

— Claro que não. Mas tudo combina. É o que eles chamam de prova evidencial.

— Ué, como é que você sabe?

— O patrão da minha mãe é juiz de direito. Eu converso muito com ele. Acho até que vou ser juiz também. Eu adoro coisas de justiça.

— Então vamos falar com seu José?

— Vamos sim. O difícil é arranjar um jeito de tirar ele lá da casa amarela.

— Eu vou — disse dona Malvina.

— Não, a senhora é conhecida do velho.

— A Maria Sá — lembrou o Wanderlei. — Ela escondeu o dinheiro pra gente e até disse que teria ido no lugar do Jaime. Coragem é que não falta.

— Vocês puseram a Maria Sá nesse rolo?

— Rolo nenhum, mãe. Não esquente — falou o Wanderlei. — Vamos falar com a Maria Sá agora mesmo.

— Tomem café antes!

Dona Malvina acendeu o fogo para fazer café. Quem diria, aquela casa amarela tão singela e bonita, cenário de tanta complicação.

— Wanderlei!

Gastou o grito em vão. Distraída com seus pensamentos, nem percebeu que o filho e o irmão de sangue, o Zarolho, já iam longe.

A lei entra em ação...

Depois de falar com o caseiro, a Maria Sá foi direto para a casa do Wanderlei. A turma já esperava por ela, aflita.
— Como foi, conseguiu?
— Canja, molecada. Recado entregue.
— Ele ficou bravo?
— Ficou não, até riu, disse: "eh turma danada".
— Só isso que ele disse?
— Pra segurar as pontas que até a noite está terminado e pra ninguém ficar zanzando por aí.
— Acho muito bom — concordou dona Malvina, servindo um café pra Maria Sá.
— E a senhora?
— Tem perigo não. Só seu José sabe da minha encomenda lá no oco da figueira.
— Já imaginou?
— Que dinheirama. Dá pra comprar uma vila de casas igual à nossa.
— Muito mais, pra comprar um avião.
— Dá na mesma, bobão.

— Bobão é a mãe.
— Deixe a mãe fora disso.
— Dá pra ir pra Europa?
— Lá tem feijoada?
— Onde, Camaleão?
— Na Europa.
— Tem nada.
— Grande coisa; sem feijoada não tem graça.

Estavam nesse papo quando a sirene cantou alto na entrada da vila. Bateram forte na porta e uma voz gritou:

— Abram, é a polícia!
— Jesus, eu morro! — gritou, apavorada, dona Malvina.

Maria Sá não brincava em serviço. Abriu a porta e enfrentou a situação.

— Aqui é a casa do Wanderlei?
— É, sim, senhor.
— É a mãe dele?
— Amiga da casa; a mãe é a dona Malvina. O que querem com ele?
— Tudo bem; o delegado mandou buscar o menino e a turma dele pra prestarem depoimento lá na delegacia. O José investigador já deu o serviço.
— Ele contou que o Wanderlei está inocente nessa história e os outros ajudaram a descobrir tudo?
— Sossegue, dona, o doutor já sabe de tudo, é só um depoimento. A senhora conhece uma tal de Maria Sá?
— O que você quer com ela?
— Tenho de buscar uma encomenda na casa dela, me deram o endereço, mas não conheço esse lugar.
— Tá falando com a própria, moço. Vamos todos juntos que eu entrego essa encomenda que tá lá no buraco da figueira. Mas quero recibo, ouviu?
— Já ouvi falar muito na senhora, dona, devia entrar pra polícia. Dizem que é melhor de briga que muito homem.
— Conversa fiada, moço — replicou a Maria Sá, rindo.

Tudo é bom quando acaba bem

— É coisa demais pra uma terça-feira só — suspirou o Wanderlei, caindo na cama, morto de cansaço, lembrando os fatos daquele dia.

A turma tinha ido no camburão até a casa da Maria Sá recolher o dinheiro no tronco oco da figueira. Depois foi conduzida à presença do delegado do bairro, onde prestou depoimento, enquanto seu José, também presente, prestava declarações a favor deles todos.

Quanto ao velho e aos outros, foram todos presos com a boca na botija, bem na hora em que faziam correr o jogo do bicho na casa amarela, que era mesmo a central de uma enorme rede de cambistas.

O Cicatriz, para alegria do Pedro, que acertara em cheio, era um bandido procurado e foragido da cadeia de outro Estado, e como todos já sabiam não era mudo coisa alguma, isso só fazia parte do disfarce; apesar do tamanho, tinha uma voz fina e horrível, facilmente identificável, visto o trabalho ser quase todo feito por telefone.

Ficou faltando saber duas coisas, e o Wanderlei não ia ficar na dúvida de jeito nenhum. Não depois de tanto trabalho.

— Quem estava preso no quarto, gemendo? — perguntou ele ao seu José, o investigador.

— Foi um bicheiro baleado numa batida de polícia no outro lado da cidade. Ficou ali por uns tempos até melhorar do braço ferido.

— E a gente jurava que era o milionário sequestrado — falou o Zarolho.

— Esse crime eles não cometeram — riu o policial.

— Mas e o meu sequestro? — replicou o garoto. — Qual a explicação? Por que não o Wanderlei ou o Jaime?

— O que entrou fantasiado de faxineira? Eles nem por sombra descobriram que ele era homem, o disfarce estava perfeito.

— Que ator, que ator! — falou o Jaime. — Eu não disse que vou ser artista de novela?

— Então por quê? — insistiu o Zarolho, mais confuso ainda.

— Não foi o velho quem mandou raptar você.

— O quê? O senhor está brincando!

— Não estou não. Quem atraiu você, através do Farofa, foi outro banqueiro do bicho, rival do velho, que pretendia tomar o lugar dele à força. E confundiu você com o verdadeiro portador.

— Essa não! — riu o Wanderlei. — Olhe bem pra nós dois, seu José. Somos completamente diferentes, e, além de tudo, o Zarolho é vesgo.

— Aí que está. Vocês estavam sempre juntos e é, sem ofensa, muito mais fácil lembrar do Zarolho...

O Zarolho não estava gostando nada daquela conversa, mas disfarçou:

— Mesmo assim, o que eles esperavam lucrar comigo?

— Iam fazer você falar. Pra estourar os pontos de bicho, como pretendiam, precisavam dos endereços, entende?

— Puxa, do que eu me livrei. — O garoto até se benzeu. — Obrigado, hein, seu José.

— É minha profissão, rapaz.

— E esses outros aí, quando é que o senhor pega eles?

— Logo, logo. Estou na mira deles há quase tanto tempo quanto estive na do velho e do Cicatriz — garantiu o policial.

— Quer ajuda? — perguntou o Zarolho.

— Conte com a gente — ofereceu o Camaleão, esquecido da dor de barriga.

— E comigo — garantiu a Maria Sá.

— Olhem que aceito — disse o seu José.

— Por falar nisso, e o Faísca? — quis saber o Wanderlei, que ficara muito amigo do cachorro.

— Foi bom lembrar, preciso mesmo falar com você a respeito. O velho não tem família e esse cão está sendo um problema aqui na delegacia. É uma verdadeira fera, foi um custo trazê-lo. Você tomaria conta dele pelo menos por enquanto?

— Claro! — O Wanderlei até pulou de alegria. — Posso ver ele agora?

— Não só ver como levar. Já pedi o consentimento do velho, mas, por segurança, não disse quem ia tomar conta do Faísca.

Wanderlei se virou na cama, o sono gostoso tomando conta dele. Que terça-feira, meu Deus, que terça-feira...

O Faísca latiu no quintal, possivelmente para um gato no telhado.

Logo mais o garoto dormia profundamente. Nem sentiu o beijo carinhoso da mãe.

A autora

Nasci no bairro da Liberdade, em São Paulo, onde conviviam harmoniosamente as colônias italiana e japonesa. Dos 7 aos 18 anos estudei no Colégio São José, de freiras francesas, com mais de 2 500 meninas. Só na faculdade de Jornalismo é que passei a ter colegas de outro sexo. Felizmente, hoje, desde o maternal, as escolas são mistas, favorecendo uma sadia convivência entre garotos e garotas.

Mas o que eu mais fiz na vida — além de casar, ter filhos e netos (três garotos *yonseis*, isto é, pertencentes à terceira geração de descendentes de japoneses) — foi escrever.

Desde os 9 anos, escrever foi minha grande paixão! Eu sonhava ser algum dia como aqueles escritores, cujos livros — minha casa era uma ilha cercada de livros por todos os lados! — povoaram minha infância e juventude de contos de fadas, histórias de amor e de aventura, por terra, ar e mar... fazendo-me viajar numa extraordinária máquina do tempo, que também desconhecia fronteiras...

Outro dia, inaugurando uma sala de leitura que leva meu nome (escolha dos alunos de uma escola municipal do interior), e vendo meus livros/filhos ali enfileirados, me saudando!, eu tive certeza: valeu a pena ter um grande sonho e lutar pela realização dele!

Entrevista

Em *O segredo da casa amarela*, uma turma de garotos xeretas vive uma aventura repleta de mistérios, bem ao estilo das histórias de detetives e de espionagem, ambientada numa vila modesta, de gente trabalhadora, que cultiva as relações de vizinhança e de amizade. A seguir, a autora Giselda esclarece alguns mistérios relacionados ao livro e a sua pessoa. Que tal conhecê-los?

A VILA EM QUE SE PASSA SUA HISTÓRIA É TÍPICA DA PERIFERIA DE GRANDES CIDADES. NELA, AS PESSOAS NÃO SÃO APENAS VIZINHOS, MAS AMIGOS — PARTICIPAM UMAS DAS VIDAS DAS OUTRAS E PROCURAM SE AJUDAR MUTUAMENTE. POR QUE VOCÊ ESCOLHEU ESSE TIPO DE AMBIENTAÇÃO PARA *O SEGREDO DA CASA AMARELA*?

• Muito cedo, como escritora, descobri que era importante ampliar o "cenário" de minhas histórias, isto é, o "palco" real onde vivem meus personagens. A periferia é um deles: as casas de tijolos aparentes, como obras de arte inacabadas, apoiando-se umas nas outras como a pedir ajuda. Essa ajuda, suponho, é o que não falta entre vizinhos de determinados bairros. Antes, quando não havia a fartura de telefones como agora, se alguém, quase por milagre, conseguisse uma linha... era aquela avalanche de recados. Ainda hoje, se alguém vai dar à luz ou fica doente de repente, sempre surge um carro, de um vizinho motorista de táxi, por exemplo, para acudir. É a típica vizinhança amiga, solidária, que existia, décadas atrás, em São Paulo, na maioria dos bairros. Atualmente, há edifícios onde as pessoas mal se cumprimentam no elevador; ruas onde vizinhos vêm e vão, sem sequer uma palavra na chegada ou despedida. Algumas pessoas parece que ainda conservam esse espírito de solidariedade, principalmente em bairros de periferia. Não deixa de ser um sentimento confortador.

O SEGREDO DA CASA AMARELA APRESENTA CARACTERÍSTICAS DAS HISTÓRIAS DE ESPIONAGEM E DE DETETIVES. VOCÊ GOSTA DESSE TIPO DE LITERATURA? POR QUÊ? QUAIS SÃO SEUS AUTORES FAVORITOS NO GÊNERO?

• Desde que aprendi a ler, aos 7 anos, sempre fui um "rato de biblioteca": li e leio tudo o que me cai nas mãos, inclusive bula de remédio. Sempre fui "vidrada" em histórias de mistério. Li toda a obra traduzida para o português daquela incrível escritora inglesa, Agatha Christie — dizem que ela mandava o mordomo comprar maçãs e depois encher a banheira, aí ela ficava comendo maçãs e criando histórias. Dizem também que, quando ela saía do banho, o número de cabinhos de maçãs na borda da banheira era igual ao número de capítulos do próximo livro... Li também livros de Ellery Queen, que todo mundo pensava que era uma pessoa só, mas na realidade eram dois irmãos que usavam o mesmo pseudônimo. Tudo que caía nas minhas mãos, tendo espião e detetive, eu "devorava". Um dia, comprei um livro com cem histórias policiais. Levei para a praia... que maravilha! O mundo podia acabar que eu não desgrudaria dele. Adoro filmes policiais também, principalmente aqueles "de tribunal". O meu maior sonho é ter um livro meu transformado num roteiro de filme.

O JOGO DO BICHO É ASSUNTO SEMPRE POLÊMICO. HÁ MUITAS PESSOAS QUE DEFENDEM QUE DEVERIA SER LEGALIZADO, ASSIM COMO OUTRAS MODALIDADES DE JOGOS DE AZAR. O QUE VOCÊ PENSA A RESPEITO?

• Tem gente que pensa que o jogo do bicho é inocente; não é. Geralmente bicheiros são chefes de quadrilhas que também traficam drogas e exploram a prostituição. Os que fazem *lobby* pela legalização dos cassinos no Brasil alegam que isso daria emprego a artistas, músicos, cantores, dançarinos, etc. Eles se esquecem da face escura da lua: cassinos são ótimos lugares para lavagem de dinheiro conseguido de forma espúria, além de antros de tráfico de drogas e de prostituição, ainda que disfarçada. Se até em inocentes bingos muitos jogadores compulsivos deixam fortunas, tornando-se vítimas de agiotas para pagar as dívidas, imagine só o que aconteceria se os jogos de azar fossem legalizados.

OUTRA QUESTÃO POLÊMICA É O TRABALHO DE MENORES DE IDADE. A MAIORIA DOS GAROTOS DA TURMA TRABALHA E ISSO INCLUSIVE CRIA DIFICULDADES PARA SEUS ESTUDOS, como no caso do Zarolho. Mas qual a saída, quando a família necessita desse reforço para arcar com as despesas domésticas?

• O trabalho de menores de idade, inclusive em tarefas perigosas que podem levar à mutilação e até mesmo à morte, é uma grande vergonha não apenas nacional como internacional. Pelo mundo afora, crianças trabalham de madrugada colhendo flores, matéria-prima para perfumes; passam horas seguidas tecendo tapetes, fazendo tênis ou brinquedos. São mal pagas e mal-alimentadas, exploradas e confinadas quase como escravas em lugares insalubres, ganhando salários irrisórios. No Brasil, descascam alho, sob sol ardente; ferem-se ao quebrar, sobre lâminas afiadas de machados, cocos de babaçu; mutilam-se quando colhem sisal; queimam-se (transformando os pés em tijolinhos deformados) ao cair nas fogueiras subterrâneas onde se prepara o carvão... Outras, menos sofridas, são como o Wanderlei, que ajuda a mãe quituteira, entregando as encomendas aos fregueses. Ou então trabalham no fundo de tinturarias, lavando e passando roupas. Algumas já trabalharam (e possivelmente ainda trabalham) na indústria de calçados, aspirando, em ambientes mal ventilados, cola de sapateiro durante horas, o que as torna praticamente viciadas no solvente. Muitas dessas crianças já foram redimidas e levadas de volta às escolas, livrando-se dos trabalhos tão mais degradantes quanto reveladores da triste realidade brasileira, que exige que pais miseráveis usem os filhos, desde a mais tenra idade, para complementar a parca renda familiar. Nisso também se inclui — e haverá palavra suficientemente forte que a defina? — a infâmia da prostituição infantil e juvenil; há casos até de famílias que vendem seus filhos para as quadrilhas aliciadoras de menores, ou que simplesmente fingem não saber de nada. Há, no Brasil, esforços de entidades corajosas e atuantes como a Abrinq, que, além de conscientizar a comunidade de que lugar de criança é na escola, convencem empresários a não comprar artigos provenientes de trabalho infantil. Uma luz no fim do túnel é a bolsa-escola ou bolsa-estudo: cada família recebe, para no máximo três crianças por família, uma quantia para manter o aluno na escola. O valor da bolsa-escola ainda é irrisório, e o programa, apesar de já atingir milhões, não abrange todas as crianças que trabalham (deveria abranger todos os filhos do casal, não apenas três), mas já é um bom começo. Uma criança a mais que se livre da indignidade do trabalho praticamente escravo, e adentre uma sala de aula, já é uma vitória a ser comemorada!

Os garotos da turma da Vila têm uma vivência bastante diferente da dos garotos que vivem nos bairros das classes média e alta. Quais dessas diferenças você destacaria?

• O Brasil, infelizmente, é um dos países com maiores contrastes sociais no mundo; aqui a diferença entre o mais pobre e o mais rico beira o escárnio. A isso se acrescentam muitas vezes a indiferença e a falta de sensibilidade das classes ditas mais altas em relação às mais sofridas. Isso acarreta uma síndrome social: a classe média alta encastelando-se em condomínios fechados, com todo o tipo de segurança eletrônica e humana, onde se julgam a salvo (e seus filhos) da ação de moradores dos bairros de periferia. É como se houvesse duas populações distintas: o "outro", lá, na selva dele; "eu", aqui, no conforto e na segurança do meu mundo civilizado e protegido. Acontece que jovens criados nesses condomínios fechados não têm a menor noção do mundo lá fora; geralmente nesses lugares há escolas de elite, bancos, farmácias, supermercados, enfim, tudo de que se precisa para o dia a dia. Mas algum dia terão que sair, para batalhar um emprego, exercer uma profissão, enfim, viver. Provavelmente esse jovem nunca tomou um metrô, andou de ônibus ou mesmo pegou um simples táxi. Será quase como um ser vindo de outro planeta. Qual experiência de vida, de socialização, ele terá? Apenas conheceu gente do mesmo *status* social, com o mesmo poder aquisitivo, um mundo fácil onde os pais estão sempre dispostos (porque podem) a realizar os desejos dos filhos. Até no relacionamento com professores, nos grandes colégios particulares, nota-se a diferença. Uma professora me confidenciou que, ao chamar a atenção de um aluno, ouviu em resposta: "Minha mãe me disse que você é paga para me aturar". Na opinião do garoto (estimulado pela mãe), a professora é mera empregada, como aquela que ele tem em casa e possivelmente nem cumprimenta. Claro que isso não é uma regra geral, generalizar seria burrice. Felizmente há pessoas de nível social mais elevado e grande poder aquisitivo que, sensíveis, criam muito bem os seus filhos, dando exemplo de respeito e solidariedade para com as demais pessoas, sejam professores, amigos ou serviçais. O ideal é que fossem todos, ou pelos menos a maioria. Agora, o outro lado: o garoto pobre. Se nasceu e foi criado numa família humilde, porém estruturada, mesmo a mãe sendo a chefe da família, como no caso de Malvina, tudo bem: ela cobra limites do filho, não dá moleza, é uma mulher de caráter, tem dignidade. Wanderlei estuda, provavelmente faz planos para o futuro. Em muitos casos, contudo, a família é mais complicada, o que os especialistas chamam de "desestruturada" – a mãe já teve vários maridos ou companheiros que a abandonaram, deixando uma penca de filhos que ela deve sustentar com seu magro salário. Essa é a heroína anônima, que sai de casa de madrugada para enfrentar horas dentro de ônibus ou trens, e, na falta de creches, não tem outro recurso senão deixar os filhos menores aos cuidados do mais velho. Não por coincidência, a maioria dos menores infratores internos da Febem é constituída de filhos caçulas, as maiores vítimas da situação familiar. Isso acontece também com a mulher das outras classes sociais, claro! Mas ou ela própria tem um bom emprego (com escolaridade suficiente para isso), ou recebe pensão do ex-marido para o filho, enfim, se defende melhor que a mulher pobre. Quando completa o curso médio, o jovem que precisa trabalhar tem muita dificuldade em conseguir emprego, pela ausência de cursos médios profissionalizantes, preparatórios para o mercado de trabalho. Quando consegue, ganha no máximo três salários mínimos, muitas vezes sem carteira assinada. Pela Constituição brasileira, só pode trabalhar quem tiver 14 anos, mas isso nem sempre é respeitado. O salário do menor é proporcionalmente reduzido. Por falta de opções de esporte ou lazer, é comum encontrar o jovem da periferia sem fazer nada; mesmo quando vai à escola (se encontra vaga nas escolas públicas, depois de a mãe ou o pai amanhecer na fila para isso), ele passa as demais horas do dia soltando pipa, em cima das lajes, ou jogando futebol em campinhos; muitas vezes, perambulando por aí corre o risco de ser aliciado por gangues, quadrilhas de assaltantes ou traficantes de drogas. Ele pode ser tentado pelo ganho fácil (em contraponto ao salário baixo de uma ocupação honesta); pelo poder que terá em relação a outros jovens da comunidade; se for uma garota, também pode ser seduzida a entrar no mundo do crime (está aumentando o número de garotas presas por tráfico e assaltos) para agradar o namorado, para comprar roupas de grife, joias, etc. Comercializando drogas, correm o risco adicional de também se tornarem dependentes. Um fenômeno à parte – que envolve todas as classes sociais – são os concorridíssimos concursos de modelo, nos quais apenas ínfima porcentagem das candidatas terá algum tipo de chance. Garotas mal-entradas na adolescência, sem experiência de vida (a maior parte anoréxica ou bulímica, na ânsia de ter o corpo ideal), atropelam-se nas portas das agências, como se disso dependessem suas vidas. E, o que é pior, com a concordância e entusiasmo de mães e pais irresponsáveis, naturalmente sonhando com futuros grandes cachês. Os jovens de classe média ou alta, desde o curso maternal, por incrível que pareça, têm agendas de miniexecutivos: aulas de idiomas, tênis, natação, ginástica, música e o mais que puder preencher o tempo ocioso, para tranquilidade dos pais que também vivem na mesma roda-viva. Além de estressados, por não terem um tempo ocioso para ser apenas crianças, podem ficar, devido ao excesso de oferta, até alienados da realidade que os cerca, vivendo numa bolha protetora, cheia de privilégios. Alguns, seja por curiosidade, falta de autoestima ou por pertencer também a famílias desestruturadas, tornam-se usuários de drogas tanto lícitas (os jovens de ambos os sexos e de todas as classes sociais estão começando a beber cada vez mais cedo) quanto ilícitas. Aí é uma verdadeira roleta-russa: se houver predisposição genética (e isso também vale para os dois sexos e qualquer classe social), muitos se tornarão dependentes. Para sustentar a dependência, o adicto pobre ou vende a droga (para tê-la em espécie) ou vai assaltar: são os garotos com gilete ou faca que ameaçam as "tias" nos semáforos. O garoto remediado ou rico começa por vender tudo o que há de valor na própria casa; sei de um que roubou todas as joias da avó, e pôs a culpa na empregada. Para sorte da moça, descobriu-se a verdade. Depois, passa a usar, nos pontos de venda de drogas, os chamados "cestões": ali deixam seus tênis e roupas de grife e saem com trapos e tênis velhos retirados de outros cestos. Quando moram em condomínios fechados e de luxo, assaltam os vizinhos para roubar joias e dinheiro. Isso naturalmente é mantido em sigilo, para não diminuir o valor dos imóveis. Para conseguir a droga em espécie, tornam-se minitraficantes nos colégios particulares que frequentam. Quanto ao tratamento da dependência de drogas, também é diferenciado. O pobre vai depender de ambulatórios de hospitais públicos ou clínicas gratuitas. O rico tem a chance de ser internado em clínicas caríssimas, só acessíveis a quem tem poder econômico. Ambos são doentes que precisam de tratamento. Só uma pequena porcentagem conseguirá se refazer dos danos físicos e/ou psíquicos que, a médio ou longo prazo, as drogas (lícitas ou ilícitas) causam a seus infelizes (embora se suponham muito espertos) usuários. Outra diferença entre o jovem pobre e o remediado ou rico aparece na hora de continuar os estudos após o curso médio. Quem não tem dinheiro para pagar um bom cursinho irá competir, nas universidades públicas (cujas vagas são poucas e disputadíssimas para as carreiras mais concorridas), com os jovens que, além de ter frequentado os melhores colégios particulares, também fizeram os melhores cursinhos preparatórios para o vestibular. Resultado: as vagas nas referidas universidades (feitas para quem não pode pagar) serão preenchidas, salvo honrosas exceções, pelos mais afortunados. Qual a solução? Sistema de cotas para as minorias, como nos Estados Unidos? Lá essas cotas são reservadas para comunidades afro (12% dos habitantes) e hispânica. Acontece que o Brasil é um grande país mestiço: quase metade da população (47%) tem ascendência africana. Como decidir quem tem direito às cotas? O ideal seria que o ensino público tivesse um altíssimo padrão, tornando aptos, sem necessidade de cursinhos, os alunos que desejassem ingressar numa faculdade pública. Pode parecer utopia, mas tentar o aparentemente impossível é fundamental para fazer deste país uma nação civilizada. De forma geral, os jovens precisam ter autoestima, sonhos, projetos de vida que os incentivem ao estudo e os libertem de almejar apenas carreiras que supostamente conduzam ao sucesso e dinheiro instantâneos (modelos, atores, jogadores de futebol, etc.). Precisam ser estimulados a aprender a batalhar pela realização pessoal e profissional. Os jovens são o futuro. Mas o futuro se constrói, no dia a dia, como uma obra de arte, pessoal e intransferível! Quem dera cada jovem deste país almeje ser — com idealismo e perseverança — uma grande obra de arte!